卖海豚的女孩

张小娴 —— 著

人民文学出版社

著作权合同登记号　图字 01-2015-4200

图书在版编目 (CIP) 数据

卖海豚的女孩／张小娴著 .—北京：人民文学出版社，2015
ISBN 978-7-02-011065-0

Ⅰ．①卖… Ⅱ．①张… Ⅲ．①长篇小说—中国—当代 Ⅳ．① I247.5

中国版本图书馆 CIP 数据核字（2015）第 179115 号

责任编辑　赵　萍　涂俊杰
装帧设计　李思安
责任印制　苏文强

出版发行　人民文学出版社
社　　址　北京市朝内大街 166 号
邮政编码　100705
网　　址　http://www.rw-cn.com

印　　刷　北京瑞禾彩色印刷有限公司
经　　销　全国新华书店等

字　　数　112 千字
开　　本　880 毫米 ×1230 毫米　1/32
印　　张　7.75
印　　数　1—50000
版　　次　2015 年 8 月北京第 1 版
印　　次　2015 年 8 月第 1 次印刷

书　　号　978-7-02-011065-0
定　　价　35.00 元

如有印装质量问题，请与本社图书销售中心调换。电话：01065233595

目录

| Chapter V 随风而逝的味道 ...... 205 | Chapter IV 海豚的搁浅 ...... 153 | Chapter III 深情的呕吐 ...... 103 | Chapter II 爱情的伤痛 ...... 055 | Chapter I 亡命的邂逅 ...... 001 |

Chapter
I

亡命的邂逅

"各位先生女士,这是一场亡命表演!"

翁信良第一天到海洋公园报到,刚刚进入公园范围,便听到透过扩音器的宣布。他在日本那边的海洋公园当过三年兽医,知道所谓亡命表演是跳水艺员高空跳水。他们通常是黑人和白种人,薪酬相当高。三年前,翁信良到日本海洋公园报到的第一天,便有一名年轻的跳水员从高空跃下时失手,头部首先着地,发出一声巨响,在池边爆裂,旁观者在历时二十秒的死寂之后,才陆续发出尖叫。那是一名名叫鲸冈的日本青年。他的家人事后得到一笔丰厚的保险赔偿。

翁信良本来不打算看以下这一场亡命表演,日本青年跳水员的死状仍然历历在目。今天是星期天,围观的男女老幼把一个仅仅十米深的跳水池包围着,等待别人为他们亡命。

在梯级上攀爬的是一名黑发的黄种女子,她穿着一件粉绿底色铺满橙色向日葵图案的泳衣,背部线条优美,一双腿修长结实,乌黑的长发束成一条马尾。她一直攀爬到九十米高空,变成一个很小很小的人。女郎面向观众,轻轻挥手,她挥手的动作很好看,好像是一次为了追寻梦想的离别。

翁信良看得胆战心惊。

跳水队员在池中等待女郎跳下来，群众引颈以待。女郎轻轻地踏出一步，三百六十度转体，她从九十米高空上以高空掷物的速度迅速插入水中，池水只是轻轻泛起涟漪。

女郎冒出水面的一刻，获得热烈的掌声，她的名字叫于缇。于缇在翁信良身边走过，意外地发现这个陌生的男人长得很好看。她回头向他微笑。

翁信良看着她的背影，她从九十米高台跃下的情景突然变成了一连串慢动作，在翁信良的脑海中回放一次。

翁信良到兽医办公室报到。公园缺乏兽医，所以星期天也请他上班。主任兽医大宗美是日本人，很喜欢翁信良会说日语。

翁信良第一个任务是到海洋剧场检查一条海豚。

海洋剧场正有表演进行，四条海豚跟着音乐的节拍在水中跳韵律泳，穿荧光粉红色潜水衣的短鬈发女孩随着音乐在岸上跳起舞来。她笑起来的时候，眼睛眯成一条线，两边嘴角移向脸颊中央，好像一条海豚，她仿佛是第五条海豚。女孩倒插式跳到水中，跟其中一条海豚接吻，她接吻的姿态很好看，她手抱着海豚，闭上眼睛，享受这亲密的接触，她好像跟海豚恋爱。

翁信良着手替患病的海豚检查。

"它叫翠丝。"

跟海豚接吻的女孩回来了,她轻轻地抚摸着翠丝的身体。

"它跟力克是恋人。"女孩说。

"力克?"翁信良检查翠丝的眼睛。

"刚才跟我接吻的,便是力克。"女孩协助翁信良检查翠丝的口腔。

"它患了感冒,我开一点药给它,顺便拿一些尿液。"

"你是新来的禽兽医生?"

"禽兽?是的,我专医禽兽。"

"你从前在哪里工作?"

"日本的海洋公园。"

"嗯。怪不得你有点像日本人。"

"是吗?"

"好像日本的男明星。"

翁信良失笑。

翁信良吹出一串音符,池里的四条海豚同时把头插进水里,向翁信良摇尾。

沈鱼吃了一惊:"它们为什么会服从你?不可能的,它们只服从训练员。"

翁信良继续吹着音符:"它们知道我是新来的兽医,特地欢迎我。"

沈鱼不服气:"不可能的。"

翁信良笑说:"海豚是很聪明的动物,科学家相信,不久的将来,能够和人类说话的,除了猩猩,便是海豚。"

翁信良吹完一串音符,四条海豚又安静下来,沈鱼满腹疑团。

"到底……"沈鱼正想追问。

"表演开始了。"翁信良提醒沈鱼。

沈鱼回到表演台,翁信良提着药箱离开剧场。她还是不明白海豚为什么会服从他。

下班的时候,翁信良看到沈鱼坐在公园外的石阶上。

"你还没有告诉我,我的海豚为什么会服从你。"沈鱼说。

"你的好奇心真大。"

这时于缇也下班了。

"这是我们新来的禽兽医生。"沈鱼说,"我还不知道你叫什么名字。"

"翁信良。你呢?"

"我叫沈鱼,这是缇缇,她是高空跳水的。"

"我刚才看过。"

"我们打算吃饭,你来不来?"沈鱼问翁信良。

"好，去哪里？"

"去赤柱好不好？"沈鱼说。

他们刚好赶及在夕阳下山前来到赤柱。

"亡命跳水员中，我还没有见过中国女子。"翁信良说。

"缇缇的爷爷和父母都是杂技员，她胆子大。她不是公园的雇员，她是跳水队的雇员，她每年只有一半时间留在香港表演。"沈鱼说。

"我习惯了四海为家。"缇缇说。

沈鱼连续打了三个喷嚏。

"你没什么吧？"翁信良问她。

"我有鼻敏感，常常浸在池水里，没办法。"沈鱼说。

"你为什么会当起海豚训练员呢？"

"我喜欢海豚，又喜欢游泳，顺理成章吧。你为什么会做兽医？"

"很长篇大论的。"

"说来听听。"

"我小时候养了一条狗，我爸爸死了，后来，妈妈也死了，我的狗还没有死，一直陪了我十四年，然后，有一天，它患病了，终于离开我，我哭得很厉害。本来打算当牙医的我突然改变了主意，想当兽医。"

"原来是这样。你还没有告诉我,海豚为什么会服从你,你吹的是什么歌?"

"你说这一段?"翁信良吹出一串音符。

沈鱼点头。

"是我在日本学的,这是跟海豚的音波相同的,任何一种海豚也能明白。别忘了我是兽医。"

"是吗?"沈鱼学吹这一串音符。

第二天早上,沈鱼对着海豚吹着相同的一段旋律,可是海豚并没有乖乖地向她摇尾。

"不是这样,还差一点点。"翁信良提着药箱出现。

"翠丝怎么样?"翁信良问沈鱼。

"你看。"

翠丝跟力克在水里翻腾,它看来已经痊愈了。

"海豚有没有爱情?"沈鱼问翁信良。

"没有人知道。"

"我认为有。你听听,它们的叫声跟平常不一样,很温柔。它们的动作都是一致的。力克对翠丝特别好。本来是米高先爱上翠丝的。"

"米高是另一头雄性海豚?"

沈鱼点头，指指水池里一条孤独的樽鼻海豚："但力克打败了米高，在动物世界里的爱情，是强者取胜的。"

"人类也是。"翁信良感慨地说。

"不。太刚强的人会失败，弱者不需努力便赢得一切。"

"动物对爱情并不忠心，海豚也不例外。"

"忠心也许是不必要的。"沈鱼说，"男人有随便择偶的倾向，他们对性伴侣并不苛求，卖淫是全球各地男性都需求甚殷的一种服务。"

"我没有试过。"翁信良说。

沈鱼扑哧一声笑了："为什么不试试看？"

"我从来没有想过。你不介意你男朋友召妓的吗？"

"如果我是男人，我也会试一次。"

"我曾经陪朋友去召妓，他有心脏病，怕会晕倒，要求我在附近等他。"

"结果他有没有心脏病发？"

"没有。那一次，我在街上等了两小时。"

"你女朋友没有骂你？"

"我那时没有女朋友。"

"现在呢？"

"现在也没有。"

沈鱼看到翁信良的药箱里有一张订购歌剧的表格。

"你想订购这出歌剧的门票？"

"是的，从前在英国错过了。"

沈鱼把表格抢过来："我有办法拿到前排的座位，三张票怎么样？你请我和缇缇看。"

"不成问题。"

沈鱼下班后赶快去票房轮候门票，她哪有什么门路？只是没想到排队的人竟然那么多。

翁信良刚刚准备下班的时候，缇缇来找他："我的松狮病得很厉害，你能不能去看看它？"

"当然可以。"

翁信良跟缇缇一起坐出租车去。

"对不起，麻烦你。相熟的兽医早就关门了。"

"不要紧。你在香港有房子吗？"

"是我舅父的。我来香港就会住在这里。"

翁信良来到缇缇的家，松狮无精打采地伏在地毯上。

"它整天肚泻。"

"它患了肠胃炎，如果再延误，就性命不保了。"

翁信良替它注射："它叫什么名字？"

"咕咕。"

缇缇送翁信良到楼下,经过一个公园,缇缇攀上钢架,向翁信良挥手:"你也来。"

"不。我畏高。"翁信良尴尬地说。

"真的?"缇缇不相信翁信良是个畏高的大男人。

"那么我要下来了。"缇缇站在钢架上,张开双手,踏出一步,以跳水般的优美姿态跳到地上,轻轻着地,轻轻鞠躬。

"你只有一个亲人在香港吗?"

"嗯。我父母都住在法国。他们从前是国家杂技团的。"

"回去了。"缇缇说,"今天晚上很冷。"

"是的,入冬以来天气一直暖和,今天早上还很热,现在忽然刮起大风。"

缇缇向翁信良挥手道别:"谢谢你。"

"今天晚上抱着咕咕睡吧,它需要一点温暖。"翁信良说。

在文化中心的票房外,寒风刺骨,沈鱼要不停地做原地跑来为身体增加热量,尚有几个人便轮到她买票。她想着翁信良的脸,心里突然有一股暖流。

第二天早上,沈鱼跑上翁信良的工作室。

"三张门票。"沈鱼把三张门票交给他。

"谢谢你。多少钱?"

缇缇也来了,"咕咕今天没有肚泻了。"

"你看过咕咕?"沈鱼问翁信良。

"昨天晚上它患上肠胃炎。"

沈鱼连续打了几个喷嚏,她有点伤感。

周末晚上,沈鱼在缇缇家里。缇缇在弄姜葱蟹面,她爱吃螃蟹,而且她很会弄好吃的东西,沈鱼就没有这份能耐,做家务不是她的强项。此刻,她正站在雪柜旁边,吃光了五杯啫喱和两排巧克力。

"你又情绪低落?"缇缇问她。

沈鱼只是有些伤感,她爱上了翁信良,可是她看出翁信良爱上了缇缇。

"你的树熊怎么样?"缇缇问她。

"王树熊?我不想见他。"

"他很喜欢你。"

"缇缇,你需要一个怎样的男人?"

"跟我上床后,他愿意为我死掉的男人。"缇缇舐着螃蟹爪说。

"哪有这样的男人?只有雄蜘蛛会这样。"沈鱼说,"我想要一个我和他上床后,我愿意为他死掉的男人。"

"有这种男人吗?"缇缇笑着说。

"还没有出现。"

缇缇弄好了一大盆螃蟹面,说:"我要先洗一个澡。"

"我也来!"沈鱼说。

她们两个人泡在浴缸里。

"你觉得翁信良怎么样?"缇缇问沈鱼。

"长得英俊,没有安全感。"

"你是不是喜欢翁信良?"

"不是,怎么会呢?"沈鱼潜进水里。她突然感到后悔,她为什么不肯坦白呢?因为她刚强,她认为那么容易喜欢一个男人是软弱的表现,她总是被自己误了。

"那你呢?你喜欢翁信良吗?"沈鱼问缇缇。

"还不知道。"缇缇说,"喜欢一个人,是需要一份感动的。"

"或许有一天,他会感动你的。"

"是的,我一直等待被男人感动,我不会感动男人。"缇缇说。

"谁愿意感动男人?"沈鱼说,"那么艰苦。"

早上,沈鱼从电视新闻报道里看到一条樽鼻小海豚搁浅的消息。时至今天，动物学家仍然无法解释海豚搁浅的原因，普遍以为海豚和蝙蝠一样，会发出音波，接到音波反射后再行动。如果它追鱼到近海，会因海水混浊而使音波反射紊乱，不知方向，误闯河川而在沙滩上搁浅。

还有另一种说法，海豚接近陆地，是为了到淡水中洗澡，它身上长了寄生虫，而寄生虫一碰到淡水便会死，所以海豚要冒险到陆地洗澡，不幸与寄生虫玉石俱焚。

沈鱼宁愿相信第二种说法，像海豚那么聪明的动物，仍然愿意为泡一个淡水浴而冒生命危险。它容不下身体上的瑕疵，宁愿一死，也要摆脱寄生虫。

政府将搁浅的小海豚交给海洋公园处理。翁信良负责将海豚解剖，制成标本。

这天，沈鱼走上翁信良的工作间，那条可怜的樽鼻海豚躺在手术台上，等待被制成标本，四周散发着一股血腥味。

"关于海豚搁浅，还有第三种说法吗？"沈鱼捏着鼻子问翁信良。

"也许是它不知好歹，爱上了陆地上的动物，却不知道自己在陆地上是无法生存的。"翁信良笑着说。

"陆地上的动物？会是什么？人类？无论如何，这个说法比较感人，海豚为爱情牺牲了，不幸被制成标本，肉身不腐，一直留在世上，看顾它所爱的人。"沈鱼说。

"你好像很多愁善感。"翁信良说。

沈鱼吹出翁信良教她的那一串音符。

"已经学会了？"

"当然啦！"沈鱼伸手去抚摸手术台上的海豚，"可能它生前也听过。"

翁信良吹出同一串音符。

沈鱼和音。

"它大概没想到死后可以听到这首挽歌。"翁信良拿起海豚的尾巴摇了两下。

沈鱼后悔为什么不肯向缇缇承认自己喜欢翁信良。她可以骗缇缇，但骗不倒自己。

"你看！"翁信良指着窗外。

是缇缇在半空跟他们挥手。

翁信良的工作间就在跳水池旁边，他可以从这个窗口看到缇缇攀上九十米高空，然后看到她飞插到水里。她几乎每天都在他的窗前"经过"。

沈鱼跟缇缇挥手，她发现翁信良看缇缇的目光是不同的。

"我走了。"

"再见。"

"再见。要花多少时间才可以把它制成标本?"

"大概半个月吧。"

"到时让我看看。"

"好的。"

窗外,缇缇"经过"窗口,飞插到水里。

翁信良已经有三年没有谈过恋爱了。三年前,他那个在机场控制塔工作的女朋友向他提出分手,她爱上了别人,他请求她留下来,但她对他说:"如果我对你仁慈,就是对自己残忍。我想我是从来没有爱过你。"

这一句话,刻骨铭心,一个跟他相恋五年的女人竟然说从来没有爱过他。

就在这个时候,一位日本的旧同学问他是否愿意到那边的海洋公园当兽医。

这三年,刚好治疗一段爱情创伤。磨蚀一段爱情的,是光阴,治愈爱情创伤的,也是光阴。

他没有带着希望回来,但,缇缇在这个时候出现了,在他刚好忘记爱情创伤的时候出现,必然有一种意义。

这一天晚上,翁信良找到一个借口打电话给缇缇。他是兽医，当然从动物入手。

"咕咕的肠胃炎怎么样？没事了吧？"

"没事，它现在很好。"

"我有一些维他命给它，可以令身体强壮一点，要不要我拿来给你？"

"这么晚，不用了，明天我找你。"

翁信良失望地挂线，缇缇也许不是喜欢他，她只是对人比较热情而已。

"是谁？"沈鱼问缇缇。这天晚上，她正在缇缇家里。

"是翁信良，他说有些维他命给咕咕。"

"他是不是追求你？"沈鱼有点儿酸溜溜。

"我不知道。"

咕咕被关在浴室里，间歇性地发出吠声，每次沈鱼来，缇缇都把它关起来，因为沈鱼对狗毛敏感。

"你不能察觉他是不是对你有意吗？"沈鱼问缇缇。

"你知道我还没有忘记鲸冈。"

"你和鲸冈只是来往了三个月，这件事已经过了三年，你不要再为他放弃其他机会。"

"你说得对，我和鲸冈在那三个月里见面的次数并不多，我都写在日记上，可是他死了，死得那样惨，我没法忘记他。"

缇缇哽咽。

"你又来了!"沈鱼抱着缇缇,"真巧,翁信良也曾经在日本海洋公园工作。"

"所以我很怕他。"

"如果你不喜欢他,就不会害怕,也用不着逃避。"沈鱼一语道破。

"没有人可以代替鲸冈的,有时我也恨他,只给了我那么少时间,却占据着我的生命。"

"爱情不是由时间长短来衡量深浅的。咕咕又再吠了,把它放出来吧,我走了。"

"要我送你去坐车吗?"

"不用了。"

沈鱼离开缇缇的家,孤独地等下一班专线小巴回家。与日本海洋公园都有一段渊源的缇缇和翁信良,也许是命运安排他们相识吧,沈鱼只能成为局外人。即使她已经爱上翁信良,也只是一厢情愿而已。

缇缇翻开三年前的日记,日记里夹着一张鲸冈穿泳裤站在泳池旁边的照片。她和鲸冈在日本认识,那一年,她随队到日本表演,两个人在海洋公园邂逅。一个月后,她来了香港,鲸冈来了几次探望她。两个人见面的次数还不超过十次，感情十分要好，也许是因为大家都从事亡命工作，同样是黄种人吧。

鲸冈长得很好看，他最后一次来香港时，缇缇拒绝了他，没有跟他上床。她不是不喜欢他，她只是觉得第一次应该拒绝，那才表示她对这段情是认真的。那天晚上，他们只是接吻，赤身拥抱，睡到天亮。

第二天，缇缇送鲸冈到机场，她还记得他入闸前向她挥手，他答应下次到巴黎跟她会合。可是，回到日本的第二天，他表演时失手，整个人坠落在泳池旁边，头颅爆裂，血液流到水里。

他死得很惨。缇缇一直后悔那天晚上没有答应跟他睡，在那以后，她多么想跟他睡，也不可能了。

早上，翁信良回到办公室，缇缇正在跟大宗美聊天。

"早。"缇缇跟翁信良说。

"早。"

"是不是有维他命给我？"

"哦，是的。"其实维他命只是一个借口，翁信良连忙在抽屉内找到一排给动物服用的维他命C，"可以增加身体抵抗力。"

"谢谢你。"

这一天以后,缇缇每一次在翁信良工作间的窗外"经过"时,翁信良仍然聚精会神地看着,但缇缇站在高台上时,已经不再跟他打招呼了。他不大了解她,或许她有男朋友吧。

沈鱼喂海豚吃沙甸鱼,把一尾一尾小沙甸抛进它们口里。

"让我来帮忙。"翁信良拿了一尾沙甸,转了两个圈,反手将沙甸抛给翠丝,翠丝用口接住了。

"又是你的独特招数?"沈鱼笑说。

"要不要我教你?"翁信良示范一次。

沈鱼照着做,结果把沙甸鱼抛到水里。

"不行,我不行。"

"这么容易放弃,不像你的性格。"

"我是说今天不行,明天也许做得到呢。"

"你差不多时间下班了。"翁信良看看剧场大钟。

"你想请我吃饭?"

"好呀!你想吃什么?"

沈鱼有些意外。

"在吊车上再想吧!"沈鱼说。

沈鱼跟翁信良一起坐吊车。翁信良闭上双眼,沉默不语。

沈鱼很奇怪,他为什么闭上眼睛?好像要接吻似的。

"你干什么?"

"没事。"翁信良依然闭上眼睛。他不好意思告诉沈鱼他有畏高症。

沈鱼莫名其妙,既然翁信良闭起眼睛,她正好趁这个机会正面清清楚楚地看他。他的眼睫毛很长,眉浓,鼻子挺直,皮肤白皙,她倒想吻他一下。

吊车到站,翁信良松了一口气。

"缇缇今天休假,要不要找她?"沈鱼试探他。

"随便你吧。"

沈鱼打电话给缇缇,家里没有人听电话,她心里竟然有点儿高兴。

"她不在家里,又没有传呼机,找不到她。"

"我们两个人吃吧,你想到吃什么菜了吗?"

"去浅水湾海滩餐厅好不好?"

"好。"

"你等我,我去换衣服。"

沈鱼走进更衣室洗澡,她竟然跟翁信良单独约会,这是她意想不到的事。那头鬈发总是弄不好,她突然有点儿气馁。

从更衣室出来,翁信良在等她。

"可以走了吧？"

"不去了。"沈鱼说。

"为什么？"翁信良愕然。

沈鱼指着自己的鬈发说："好像椰菜娃娃。"

翁信良大笑："你是天生鬈发的吗？"

沈鱼点头。

"天生鬈发的人很凶的呢。"

"是吗？"

"因为我也是天生鬈发的。"

"是吗？"沈鱼看看翁信良的头发，"不是。"

"鬈的都剪掉了。你的发型其实很好看。"

"真的吗？"

"真的，比达摩祖师好看。"翁信良忍俊不禁。

"去你的！"沈鱼拉着翁信良的衣服要打他，翁信良逃走。

"你别想走。"沈鱼拉着翁信良，用脚踢了他一下。

"要命！好了，现在可以去吃饭了吗？"

"可以了。"

沈鱼推了翁信良一下，翁信良用手压一压她的鬈发："这样就好看了。"

周五晚上,天气比较暖和,只是风仍然很大,浅水湾的海滩餐厅人客疏落。

"你常常来这儿吗?"翁信良问沈鱼。

"也不是,偶尔会跟缇缇来。"

"缇缇没有男朋友吗?"

沈鱼这时才明白翁信良请她吃饭的目的。

"你想追求她?"

"如果她已经有男朋友,我会放弃。"

"她没有男朋友。"

"真的?"

"但情况可能比有男朋友更糟。"

"为什么?她不是有女朋友吧?"

沈鱼失笑,故意一本正经跟翁信良说:"你答应要守秘密。"

翁信良惆怅地点头。

"我和缇缇是恋人。"

"哦。"翁信良尴尬地点头,"我看不出来。"

"我们都受过男人的伤害,不会再相信男人。我很爱缇缇,缇缇也爱我。"

"不用说了,我明白。"

沈鱼扑哧一声大笑:"你真的相信?"

"你以为我会相信吗?"翁信良莞尔。

"你好像相信。"

"你的眼睛骗不倒我,而且你虽然粗鲁一点,却不像那类人。"

"我没骗你,缇缇的情况的确是比有男朋友更糟,她的男朋友三年前死了。"

"为什么会死?"翁信良震惊。

"意外。他是跳水员,三年前在日本表演时失手。那时他们不过来往了三个月。"

"日本?他是日本人?"

"嗯。"

"是不是姓鲸冈的?"

"你怎么知道?"

翁信良不敢相信世事竟然如此巧合。

"我亲眼看到意外发生。"

第二天早上,翁信良回到办公室,缇缇已经在等他。

"沈鱼说你亲眼看到意外发生。"

翁信良难过地点头。

"当时的情形是怎样的?"

"你要我向你形容一次?"翁信良实在不忍心把那么恐怖

的情景再说一遍。

缇缇点头。

"他落水的位置错了,跌在池边。"翁信良不想再说下去。

缇缇的眼泪涌出来。

"别这样。"翁信良不懂得怎样安慰她。

缇缇掩着脸抽泣。

翁信良找不到纸巾,把自己的手帕递给她。

"为什么你还有勇气继续跳水?"

"生活总是要继续的。"

"你们感情很要好?"

"如果他没有死,也许我们会继续一起,又或者分手,或者像大部分的情侣一样,平平淡淡地过日子。我不知道。对不起,这条手帕我洗干净之后还给你。"

"不用急。"

"谢谢你。表演要开始了。"

"你真的没事吧?"翁信良有点儿担心。

缇缇摇头。

翁信良目送缇缇离去,他站在窗前,看着她回到跳水池归队。一个跳水员从高空跃下,插入水中,赢得热烈掌声。缇缇攀爬到高台上,"经过"翁信良的窗口时,她没有向他挥手,只是看了他一眼。缇缇愈攀愈高,终于到了九十米的高台,她孤清清地站在那儿,翁信良突然有一种不祥的感觉。他冲出办公室,几乎是滚下楼梯,希望阻止缇缇跳下来。这个伤心的女人可能会用这个方法殉情。

翁信良冲到跳水池,看到缇缇在九十米高空上向群众挥手。

"不要跳!"翁信良在心里高呼。

说时迟,那时快,缇缇三百六十度转体堕下。

翁信良掩着脸不敢看。他听到一声清脆的插水声,观众鼓掌。缇缇安然无恙冒出水面。

缇缇爬上水面,看到翁信良,他满脸通红,不停地滴汗。翁信良看到她安全上岸,舒了一口气。此刻两个人四目交投,翁信良知道他原来是多么紧张她。

"你没事吧?"

"我不会死的。"缇缇说。

缇缇又回到跳水的队伍里,她知道这个男人着紧她。翁信良的确令她想起许多关于鲸冈的事,而他竟然是亲眼看着鲸冈死的人,世事未免太弄人了。

翁信良怏怏地回到工作间,他刚才的样子一定很狼狈,竟然以为缇缇会殉情。缇缇对他忽冷忽热，原来是心里有另一个人，那个人所占的分量一定很重。

"这个星期天你有空吗？"穿上T恤的缇缇出现在他面前。

翁信良吓了一跳："你什么时候进来的？"

"你在想什么？"缇缇问他。

"没什么。"翁信良笑笑。

"这个星期天有空吗？"

"什么事？"

"我想请你吃饭。"

"吃饭？"

"星期天是我的生日。"

"是吗？"

"沈鱼也会来。"

"好，我一定到。"

"我在荷里活星球订了台，七时整。"

"好的。"

"不用带礼物来。"缇缇说。

翁信良好像又有了一线希望。那个男人已经死了。他不可能斗不过一个死人吧？刚才看到她哭，他的心都软了。男人的侠义心肠真是累事。

缇缇跑到更衣室洗澡。鲸冈已经死了三年。三年来,她头一次对另一个男人有感觉。翁信良亲眼看着鲸冈死去,会不会是鲸冈要他带一个口信回来?她不知道,但再一次提起鲸冈,竟然令她比以前容易放下这件事。她现在很想给别人、给自己一个机会。

星期天晚上七时,翁信良准时到达荷里活星球,这里人头涌涌,音乐强劲。他看到缇缇和沈鱼向他招手。

"生日快乐。"翁信良提高嗓门对缇缇说。

"谢谢你。"

"有没有带礼物来?"沈鱼问翁信良。

缇缇拍了沈鱼一下:"别这样。"

"我不知道这个地方是这样的,我还是头一次来。"

"有什么问题?"缇缇奇怪。

"这份礼物不大适宜在这个地方出现。"翁信良说。

缇缇和沈鱼的好奇心被挑起了:"到底是什么东西?"

翁信良把手伸进裤袋里,掏出一件东西。

缇缇和沈鱼定睛望着他。

翁信良摊开手掌,一只黄色羽毛的相思站在他的手掌上,这小东西受了惊吓,不停在打战。

"哇！好可爱。"缇缇用手接住相思，再用一条餐巾把它裹着。

"你是女飞人，所以送一份会飞的东西给你。"翁信良说。

"谢谢你。"缇缇抱着相思,问沈鱼,"是不是很可爱?"

沈鱼突然觉得自己像个局外人。虽然来这里之前,她已经有了心理准备,翁信良喜欢的是缇缇,但她没有想到他们两个人会进展得这么快。缇缇似乎已经准备接受翁信良。

"我去买一个鸟笼。"沈鱼站起来说。

"这么晚,哪里还有鸟笼?"缇缇说。

"一定可以找到的,不然它在这里飞走了便很难找到它。"

沈鱼边说边走,她只是找个借口逃走,她觉得今天晚上根本不需要她。

沈鱼在电话亭打电话给王树熊。

"喂,王树熊吗?你十分钟内来到尖沙咀地铁站,我在那里等你。"她很想很想呼喝另一个男人。

"十分钟?怎么可能?我住在香港,三十分钟好吗?"可怜的王树熊说。

"十分钟内不见你,我们就完了。"沈鱼挂了线。她知道他根本没有可能来到。

沈鱼在地铁站看着腕表,十分钟刚到,她竟然看见王树熊出现,他头发蓬松,身上衬衣的纽扣全扣错了,运动裤前后倒转来穿，脚上只穿拖鞋，没可能的事，他竟然做到了。

"沈鱼！"王树熊兴奋地叫她。

沈鱼别转脸，冲上停靠月台的一列地铁上，企图摆脱他。

王树熊冲进车厢，车厢里的人看着他一身打扮，纷纷投以奇异目光，王树熊尴尴尬尬地不断喘息。这个王树熊，沈鱼曾经因为寂寞而和他交往，可是她不爱他，他却为她一句话赶来。

"什么事？"王树熊问沈鱼，他爱这个女人。但爱上她不是最痛苦的，知道她不爱自己才是最痛苦。

沈鱼不知道说什么好，她没想过他会来，她只是想虐待他。

"到底有什么事？"王树熊关切地问她。

沈鱼突然想起了："我想买鸟笼。"

王树熊不禁失笑："你找我找得这么急，就是要买鸟笼？你要鸟笼有什么用？"

"当然有用。"

"这么晚，哪里还有鸟笼卖？"

"总之我一定要买到。"沈鱼坚持。

"试试看吧。"王树熊无奈。

王树熊带着沈鱼来到专门卖鸟儿的康乐街，店子都关门了，只听到店子内传来鸟儿啾啾的叫声。

"你看，都关门了。"

"到别处去。"沈鱼说。

"如果这里没有，别处也不会有。"

"我一定要带着鸟笼回去的。"

"你买了一只什么鸟？"

"你看！"沈鱼看到一个老翁推着一辆木头车，上面放着很多鸟笼和不同的鸟儿。

"奇怪，这个时候还有人？"王树熊说。

"这个鸟笼要多少钱？"沈鱼问老翁。

"一百二十元。"

沈鱼看到鸟笼里有一只相思，这只淡黄色羽毛的相思和其他相思不同，它非常安静地站着，没有唱歌。与其说安静，倒不如说悲哀，是的，它好像很不快乐。

"这只相思要多少钱？"

"不用钱，你要的话，送给你。"老翁说。

"为什么？"沈鱼奇怪。

"它不唱歌，卖不出去的。"

"它很有性格呀！"沈鱼说。

"没有人会买不唱歌的相思的。"王树熊说。

"我就是喜欢。谢谢你，老伯伯。"沈鱼拿起鸟笼。

沈鱼拿着两个鸟笼，一个是空的，一个载着一只暂时还不会唱歌的相思，在弥敦道漫无目的地步行。

"你要去什么地方？"王树熊问她。

"我想找个地方坐下来。"

沈鱼和王树熊坐在球场的石级上。球场上，两支女子足球队正在进行比赛。

"我最怕看女子踢足球。"王树熊说，"她们大部分都有脚毛，你看。"

一个背影像男人的女球员独个儿带球射入龙门。

沈鱼站起来高喊了一声。

"你今天晚上干什么？你是不是失恋？"王树熊问沈鱼。

"为什么以为我失恋？"沈鱼不肯承认。

"只有失恋的女人才会这样。我敢肯定这个球场上有超过一半的女人都是失恋的，如果不是受了刺激，她们不会跑去踢足球。"

沈鱼大笑："失意时能看到你真好！"

"能在你失意时陪你真好。"王树熊说。

"我没事了！回去吧。"沈鱼提起两个鸟笼说，"这只相思暂时放在你家，我改天来拿。"

沈鱼提着鸟笼回来的时候已差不多十二时："鸟笼买来了。"

"你去了哪里？"缇缇问她，"我们一直担心你。"

"我在街上遇到朋友，一起去喝茶。"沈鱼说。

"你总是这样的。"缇缇没好气，"我们等你切蛋糕。"

"现在可以了。"沈鱼说。

缇缇把相思关进笼里。沈鱼不在的时候，她跟翁信良谈了很多，却又忘记了说过些什么，也许这就是所谓情话。

"这么晚也能买到鸟笼，你真本事。"翁信良说。

"可以开始切蛋糕了吧？我叫侍应拿蛋糕来。"沈鱼说。

"让我去叫。"翁信良说。

"你真的遇到朋友？"缇缇问沈鱼。

"我为什么要骗你？"沈鱼故作轻松，"你们刚才有没有跳舞？"

缇缇脸上竟然有点儿羞涩，"有呀！他这个人蛮有趣的，虽然是兽医，但是不会只谈禽兽的事。"

翁信良回来了，侍应生捧着生日蛋糕走来，蛋糕上点了一支蜡烛。沈鱼和翁信良一起唱生日歌。

缇缇吹熄了蜡烛。

"出去跳舞好不好？"缇缇问沈鱼。

"你和翁信良去跳吧。"沈鱼说。

"一起去吧！"翁信良说。

这个时候，舞池上播放慢歌。

"慢歌只可以两个人跳，你们去吧。"沈鱼说。

"那好吧。"缇缇说。

缇缇和翁信良在舞池上跳舞。

"谢谢你的礼物。"缇缇跟翁信良说。

"如果你有一双翅膀，我便不用担心你。"

"你为什么要担心我？"

翁信良说不出来。

"如果我突然长出一双翅膀，一定很可怕。"缇缇笑说，"要很大的一双翅膀，才能承托我的体重。"

"黄蜂的翅膀和它的身体不成比例，黄蜂体大翼小，依据科学理论来说，它是飞不起的。可是，黄蜂却照样飞，管它什么科学理论。"

"我也想做一只黄蜂，可惜我是人，人是没有翅膀的。"缇缇哀伤地说。

翁信良把手放在缇缇的背部，缇缇把下巴搁在他的肩膊上，像一对热恋中的情侣在跳舞。

沈鱼独个儿吃生日蛋糕，翁信良和缇缇在舞池上流连忘返，他们大概在说着不着边际的情话。

缇缇与翁信良回来了。

"沈鱼，你和翁信良出去跳舞。"缇缇说。

"不用了。"沈鱼说。她不想变成不受欢迎的人。

"去吧！"缇缇把她从座位上拉起来。

"赏面跟我跳一支舞好吗？"翁信良笑着说。

沈鱼觉得要是再拒绝，他们一定会怀疑她，她跟着翁信良到舞池。翁信良一只手握住她的一只手，另一只手轻轻地放在她的腰上。沈鱼故意装出一副很轻松的样子。

"你是不是想追求缇缇？"

翁信良笑而不答。

沈鱼心下一沉。

"也许这就是缘分吧。我意思不是说我目睹鲸冈意外死亡。"翁信良说，"缇缇是我第一天到海洋公园碰到的第一个女孩子，她站在九十米高空向我挥手。"

原来如此。沈鱼一直以为自己是翁信良碰到的第一个女孩子，原来是第二个。命运安排她在缇缇之后出现。缇缇的出场也是经过上天安排的，她在九十米高空上，惊心动魄。而沈鱼自己，不过和海豚一起，是一个多么没有吸引力的出场。

离开荷里活星球，翁信良跟沈鱼说："我先送你回家。"

他当然想最后才送缇缇。

"我自己回去可以了，你送缇缇吧。"沈鱼向翁信良打了个眼色，装着故意让他们两人独处。

"我们不是要一起过海吗？"缇缇拉着沈鱼的手，"说什么自己回去。"

结果还是沈鱼先下车，翁信良送缇缇回家。

"这只相思为什么不唱歌？"缇缇问翁信良。

"它不是酒廊歌星。相思通常在早上唱歌。"

"还有三个小时才会天亮哩！"

"如果去海滩，可能会早点看到日出。"

"好呀！我们去海滩等相思唱歌。"

两个人其实都不想分手，终于找到一个借口继续一起。

缇缇和翁信良摸黑来到沙滩。缇缇把鸟笼放在救生员的瞭望台下面。

"上去瞭望台看看。"缇缇跟翁信良说。

这个瞭望台足足有十米高。

"如果我要你跳下去，你会吗？"缇缇问翁信良。

翁信良探头看看地面，胸口有点儿作闷。

"你会吗？"缇缇问他。

翁信良攀出高台外面。

"你干什么？"缇缇吓了一跳。

"你不是想我跳下去吗？"

"你别跳！你不是有畏高症的吗？"

"可是你想我跳下去。"

"我随便说说罢了。"缇缇拉着翁信良双手。她没想到他竟然愿意跳下去。

"回来。"缇缇跟翁信良说。

翁信良一手扶住栏杆，一手轻轻拨开缇缇脸上的头发，在她唇上吻了一下，然后再一下。他的腿在抖颤，他站在十米高台外面，却竟然能够和一个女人接吻。这一连串的吻充满愉悦和刺激。

这天在更衣室一起淋浴时，缇缇兴奋地告诉沈鱼："我跟翁信良在谈恋爱。"

沈鱼心里难过得像被一块石头打中了。

"他是鲸冈之后，第一个令我有感觉的男人。"

"你有多爱他？"

"你应该问，我有多么不想失去他。"

"缇缇，你总是不会爱人。"

"爱人是很痛苦的，我喜欢被爱。"

"是的，爱人是很痛苦的。"

"可惜我四个月后便要到美国表演，到时便要跟翁信良分开一年。"

"这么快就不舍得了？"沈鱼取笑她。

"你跟王树熊怎样？"

"他？我和他只是朋友。"

"我也想看到你找到自己喜欢的人。"

沈鱼在花洒下无言。

"你这个周末有空吗？"缇缇问她。

"当然有空啦，我没有男朋友嘛。"

"一起吃饭好不好？山顶开了一间新的餐厅。"

"很久没有去过山顶了。"

在山顶餐厅，她看到三个人——翁信良、缇缇和一个笑容可掬的年轻男人。

"沈鱼，我介绍你认识，这是我的好朋友马乐。"翁信良说这句话时，跟缇缇暧暧昧昧地对望。

那个叫马乐的男人笑得很开心,他有一张马脸,他第一眼看到沈鱼便有好感。

沈鱼恍然大悟,翁信良想撮合她和这个马脸男人,他自己找到幸福了,于是以为沈鱼也需要一个男人。

马乐说话很少,但笑容灿烂,灿烂得像个傻瓜。

"马乐是管弦乐团的小提琴手。"翁信良说。

"你们两位有一个共通之处,"缇缇说,"都喜欢笑。"

沈鱼格格大笑,马乐笑得眼睛眯成一条线,沈鱼心里却是无论如何笑不出来。沈鱼虽然喜欢笑,但她喜欢不笑的男人,整天在笑的男人,似乎没有什么内涵。沈鱼喜欢沉默的男人,最好看来有一份威严,甚至冷漠,但笑起来的时候,却像个孩子,翁信良便是这样。

点菜的时候,马乐问沈鱼:"你喜欢吃什么?"

"她和海豚一样,喜欢吃沙甸鱼。"翁信良代答。沈鱼留意到翁信良这时候牵着缇缇的手,缇缇的笑容陡地变得温柔。

"不,我要吃牛扒,要三成熟,血淋淋那种。"沈鱼故意跟翁信良作对。

"我也喜欢吃生牛肉,我陪你。"马乐说。

缇缇提议沈鱼和她一起到洗手间。

"你是不是怪我们为你介绍男孩子?"缇缇问她,"马乐并不令人讨厌。"

"我不讨厌他。"沈鱼说。

"你说不喜欢王树熊,所以我看到有好男人,便立即介绍你认识。"

"我真的很想恋爱啊!"沈鱼走入厕格。

"我们可以同时恋爱的话,一定很热闹。"缇缇在外面说。

沈鱼在厕格里笑不出来,王树熊、马乐,这些无关痛痒的男人总是在她身边出现。

沈鱼从厕格出来说:"我或许会喜欢他的,只要他不再常常笑得那么开怀。"

离开洗手间之后,沈鱼决定要这个男人,因为翁信良认为这个男人适合她,既然如此,她决定爱他,作为对翁信良的服从,或报复。跟他赌气,是爱他的方法之一。

沈鱼决定要马乐,因此当马乐第一次提出约会,她便答应。他们在中环一间小餐馆吃饭。

"你跟翁信良是好朋友?"沈鱼问马乐。

"我和他从小已认识。"马乐说,"他一直很受女孩子欢迎。"

"是吗?"

"他从前的女朋友都是美人。"

"翁信良说,有一个是在机场控制塔工作的。"沈鱼说。

"哦,是的。"

"她爱上了别人,所以把翁信良甩掉?"沈鱼说。

"不是这样的。"马乐说,"一段感情久了,便失去火花,女人总是追求浪漫。"

"他不浪漫?"

"你认为他算不算浪漫?"

"这个要问缇缇。没想到翁信良会被人抛弃。"沈鱼笑说。

"任何人也有机会被抛弃。"

"你呢?"

"我没有机会抛弃人,通常是别人抛弃我。"

沈鱼失笑。

"我女朋友便是不辞而别的。"

"为什么?"

"也许是她觉得我太沉闷吧。有一天,我在街上碰到她,她已经嫁人了,看来很幸福。我一直以为,如果我再碰到她,她一定会因为悄悄离开我而感到尴尬,可是,那一天,尴尬的竟然是我。"马乐苦笑。

"在女人的幸福面前,一切都会变得渺小。"沈鱼说。

这一天有点不寻常。清早，缇缇来到海洋剧场找沈鱼。

"这么早？"沈鱼奇怪。

"我昨天晚上睡不着。"

"为什么？"

"他向我求婚。"

"谁？"沈鱼愕然。

"当然是翁信良。"

"这么快？"

"我自己也想不到会进展得这么快。"

"你想清楚没有？"

"我们都觉得找到自己喜欢的人，便没有理由再等下去。"

"你已经答应了他？"

"我还有四个月便要到美国，到时便要跟他分开一年。嫁给他，我以后会留在香港，或许不再跳水了。"

"你爱他吗？"

缇缇点头。

"恭喜你。"沈鱼跟缇缇说。

"谢谢你。翁信良想请你和马乐吃饭,明天晚上你有没有空？"

"可以的。缇缇，真的恭喜你。"

"我也想不到他会在这个时候出现。"

沈鱼的确由衷地祝福缇缇。甲喜欢乙，乙喜欢丙，爱情本来就是这样。

翁信良在荷里活星球订了台。

"这里是我和缇缇开始拍拖的地方。"翁信良跟马乐和沈鱼说。

"有人肯嫁给你，你真幸福。"马乐说。

"你加把劲，也许有人肯嫁给你。"翁信良向马乐眨眨眼。

沈鱼心里纳闷，这个翁信良，竟然以为她喜欢马乐。

"选了婚期没有？"沈鱼问缇缇。

"他妈妈选了二月十四日。原来今年情人节也是农历的情人节。"

"情人节结婚，蛮浪漫啊！这种好日子，很多人结婚的，可能要在注册处门外露宿哩！"

"不是吧？"翁信良吓了一跳。

"三个月前便要登记，那即是说，这几天便要登记。"马乐说。

"你为什么这么清楚？你结过婚吗？"沈鱼问他。

"我问过的，我以前想过结婚的。"马乐苦笑。

"三个月前登记，今天是十一月十二日，岂不是后天便要去登记？"缇缇说。

"不对,明天晚上便应该去排队。"马乐说,"你别忘了你选了一个非常繁忙的日子。"

"明天不行,明天是我舅父的生日,我要和翁信良去参加他的寿宴,怎么办?"缇缇问翁信良。

"我替你们排队。"沈鱼说。

"你?"翁信良诧异。

"只要在注册处开门办公之前,你们赶来便行。"

"我们不一定要选那一天的。"缇缇说。

"我希望你们在好日子里结婚。"沈鱼说。

沈鱼希望为翁信良做最后一件事,她得不到的男人,她也希望他幸福快乐。

"既然伴娘替新娘排队,我就替新郎排队吧。"马乐说,"不过明天晚上我有表演,要表演后才可以来。"

十一月十三日晚上,沈鱼在八时来到大会堂婚姻注册处排队,她竟然看到有一条几十人的人龙,有人还带了帐篷来扎营。那些排队的男女,双双对对,脸上洋溢着幸福,沈鱼却是为别人的幸福而来。

凌晨十二时,忽然倾盆大雨,沈鱼完全没有准备,浑身湿透,狼狈地躲在一旁。这时一个男人为她撑伞,是马乐。

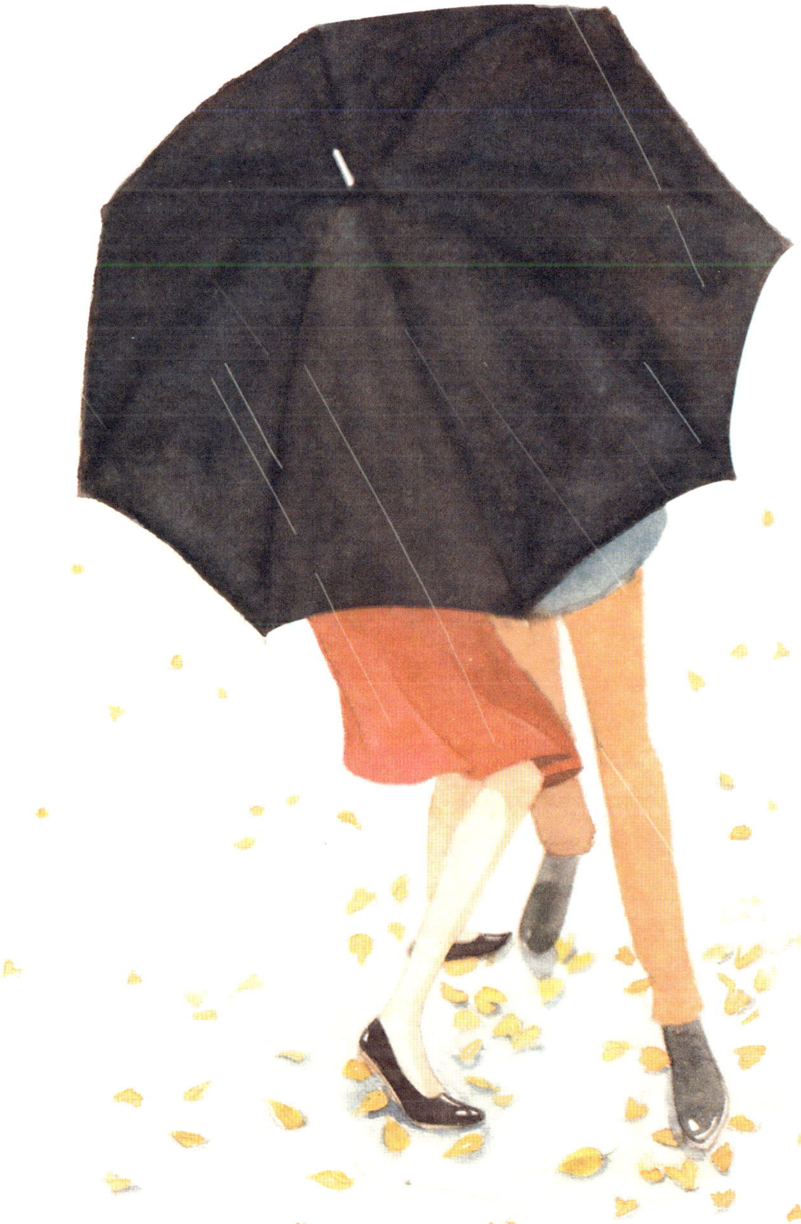

"这种天气,为什么不带雨伞?"马乐关心她。

沈鱼沉默不语。

马乐脱下外套,披在沈鱼身上说:"小心着凉。"

"我不冷。"沈鱼说。这一场雨,使她的心情坏透。

"翁信良如果明白你为他做的事,一定很感动。"马乐说。

沈鱼吓了一跳,不敢望马乐,她没想到马乐看出她喜欢翁信良,但沈鱼也不打算掩饰,多一个人知道她的心事,虽然不安全,却能够减低孤单的感觉。

"你需不需要去洗手间?"马乐问她。

沈鱼没想到这个男人连这么细微的事也关心到。

"不。"

缇缇和翁信良在十二时四十五分来到。

"对不起,我们已经尽快赶来。"翁信良说。

"不要紧,反正这种事不会有第二次。"马乐笑着说。

"累不累?"缇缇问沈鱼。

"不累。"

"你的头发湿了。"

"刚才下雨。"

"我和翁信良商量过了,下星期我会去巴黎探望我父母,顺道买婚纱,还有,买一袭伴娘晚装给你。"缇缇说。

"翁信良不去吗？"

"我刚刚上班不久，不好意思请假。"翁信良的手放在缇缇的腰肢上说。

"什么时候回来？"沈鱼问缇缇。

"两个星期后。"

"你们回去吧，我和缇缇在这里排队好了，真想不到有这么多人结婚。"翁信良说。

"我送你回去。"马乐跟沈鱼说。

"谢谢你。"翁信良跟沈鱼说。

沈鱼是时候撤出这幸福的队伍了。

马乐驾车送沈鱼回家，又下着倾盆大雨，行雷闪电，沈鱼一直默不作声。

"如果我刚才说错了话，对不起。"马乐说。

"不，你没有说错话。你会不会告诉翁信良？"

"我为什么要告诉他？"

"谢谢你。"

车子到了沈鱼的家。

"要不要我送你上去？"马乐说。

"不用了，再见。"

沈鱼看着马乐离开，可惜她不爱这个男人。

沈鱼回到家里，喂笼里的相思吃东西。这只相思，从来没有开腔唱歌，它可能是哑的。沈鱼吹着翁信良第一天来到海洋剧场对着海豚所吹的音符。相思听了，竟然拍了两下翅膀。

"他要结婚了。"沈鱼跟相思说。

一个星期后，缇缇飞往巴黎。翁信良和沈鱼到机场送机，入闸的时候，翁信良和缇缇情不自禁拥吻，沈鱼识趣地走到一旁。

"到了那边打电话给我。"翁信良对缇缇说。

"沈鱼，我不在的时候，替我照顾翁信良。"沈鱼点头。

翁信良驾车送沈鱼回家。

"你和马乐怎样？他很喜欢你。"

"是吗？"

"我不知道你喜欢一个怎样的男人？"

沈鱼望着翁信良的侧脸，说："你很想知道？"

翁信良点头。

"我自己都不知道。"

"尝试发掘马乐的好处吧，他倒是一个很细心的男人。"

沈鱼没有回答，她需要的，不是一个细心的男人，而是一个她愿意为他细心的男人。

烟雨迷离的清晨,缇缇所乘的飞机在法国近郊撞向一座山,全机着火。

Chapter
II

爱情的伤痛

飞机撞山的消息瞬即传到香港，机上乘客全部罹难。沈鱼在梦中被马乐的电话吵醒，才知道缇缇出事。

"新闻报道说没有人生还。"马乐说。

沈鱼在床上找到遥控器，开着电视机，看到工作人员正在清理尸体，被烧焦的尸体排列整齐放在地上，大部分都血肉模糊，其中一具尸体蜷缩成一团，他死时一定挣扎得很痛苦，不会是缇缇吧？沈鱼抱着枕头痛哭。

"我找不到翁信良。"马乐说，"他不在家，传呼他很多次，他也没有复机，他会不会已经知道了？"

"他可能在缇缇家。他说过每天要去喂咕咕的。"

沈鱼和马乐赶到缇缇家。

"如果他还不知道这件事，怎么办？"沈鱼问马乐。

翁信良来应门，他刚刚睡醒，沈鱼的估计没有错，他还不知道他和缇缇已成永诀。

"什么事？"翁信良看到他们两个，觉得奇怪。

"你为什么不复机？"

"我的传呼机昨晚给咕咕咬烂了，我在这里睡着了。你们这么着紧，有什么事？"

"你有没有看电视？"马乐问他。

"我刚刚才被你们吵醒。"

沈鱼忍不住痛哭："缇缇，缇缇……"

"缇缇发生什么事？"翁信良追问沈鱼，他知道是一个坏消息。

沈鱼开不了口。

"缇缇所坐的飞机发生意外。"马乐说。

翁信良的脸色变得很难看："什么意外？"

"飞机撞山，严重焚毁。没有一个人生还。"马乐说。

"缇缇呢？"翁信良茫然说。

"没有一个人生还。"马乐说。

翁信良整个人僵住了，在三秒的死寂之后，他大叫一声，号哭起来。

缇缇的父母在法国，所以她在那边下葬。沈鱼陪翁信良到法国参加葬礼，翁信良在飞机上没有说过一句话，也没有吃过一点东西。

"至少她死前是很幸福的。"沈鱼说,"怀着希望和幸福死去,总比绝望地死去好。"

"不。"翁信良说,"她从来没有想过这样死去的,她一直以为,她会因为一次失手,从九十米高空跃下时,死在池边。"

"她从九十米高空跃下,从来没有失手,却死在飞机上,死在空中,这就是我们所谓的人生,总是攻其不备。"沈鱼说。

在葬礼上,翁信良站在缇缇的棺木前不肯离开。缇缇的身体严重烧伤,一张脸却丝毫无损。她穿着白色的纱裙,安详地躺在棺木里,胸前放着一束白色雏菊,只要她张开眼睛,站起来,挽着翁信良的臂弯,她便是一位幸福的新娘子。

回到香港以后,翁信良把咕咕、相思鸟和所有属于缇缇的东西带到自己家里。他躲在家里,足不出户,跟咕咕一起睡在地上,狗吃人的食物,人吃狗的食物。

那天早上,沈鱼忍无可忍,到翁信良家拍门。

"开门,我知道你在里面的。"

翁信良终于打开门,他整个人好像枯萎了,嘴唇干裂,流着血水。

"你不能这样子,你要振作。"

"振作来干什么?"翁信良躺在地上。

咕咕缠着沈鱼,累得沈鱼连续打了几个喷嚏,相思也在脱毛,翁信良与这两只失去主人的动物一起失去斗志。

沈鱼把翁信良从地上拉起来:"听我说,去上班。"

翁信良爱理不理,偏要躺在地上。

"缇缇已经死了。"沈鱼哭着说。

翁信良伏在沈鱼的身上,痛哭起来。

"她已经死了。"沈鱼说。

翁信良痛苦地抽泣。

"我现在要把咕咕和相思带走,你明天要上班。"沈鱼替咕咕戴上颈圈。

"不要。"翁信良阻止她。

沈鱼推开他:"你想见它们,便要上班。"

沈鱼把咕咕和相思带回家里,她对咕咕有严重的敏感症,不住地打喷嚏,唯有把它关在洗手间里。可怜的松狮大概知道它的主人不会回来了,它在洗手间里吠个不停。沈鱼想,她对咕咕的敏感症总有一天会痊愈的,人对同一件事物的敏感度是会逐渐下降的,终于就不再敏感了,爱情也是一样,曾经不能够失去某人,然而,时日渐远,便逐渐能够忍受失去。

现在她家里有两只相思鸟,一只不唱歌,一只脱毛,是她和翁信良的化身。沈鱼把两个鸟笼放在一起,让两只失恋的相思朝夕相对。

沈鱼打电话给马乐。

"你带你的小提琴来我家可以吗?"

马乐拿着他的小提琴来了。

"为我拉一首歌。"沈鱼望着两只相思说。

"你要听哪一首歌?"

"随便哪一首都可以。"

马乐把小提琴搭在肩上，拉奏布鲁赫的第一号小提琴协奏曲第一乐章。马乐拉小提琴的样子英俊而神气，原来一个男人只要回到他的工作台上，便会光芒四射。

脱毛和不唱歌的相思被琴声牵引着，咕咕在洗手间里突然安静下来，沈鱼坐在地上，流着眼泪，无声地啜泣。

第二天早上，沈鱼看到翁信良在海洋剧场出现。

"早安。"翁信良说。虽然他脸上毫无表情，沈鱼还是很高兴。

翁信良着手替翠丝检查。

"翠丝最近好像有点儿跟平常不一样。"沈鱼用手替翠丝擦去身上的死皮。

"我要拿尿液检验。"翁信良说。

"你没事吧？"沈鱼问他。

"咕咕怎样？"

"它很乖，我对它已经没有那么敏感了，你想看看它？"

翁信良摇头，也许他正准备忘记缇缇。

沈鱼下班之后，跑到翁信良的工作间。

"翠丝的尿液样本有什么发现？"

"它怀孕了。"翁信良说。

"太好了！它是海洋公园第一条海豚妈妈。"

"它是在一个月前怀孕的。"翁信良看着尿液样本发呆，"刚刚是缇缇死的时候。"

"你以为缇缇投胎变成小海豚？"

"不会的。"翁信良站起来，"要变也变成飞鸟。"

"是的，也许正在这一片天空上飞翔，看到你这个样子，她会很伤心。"

翁信良站在窗前，望着蓝色的天空，一只飞鸟在屋顶飞过。

"一起吃饭好不好？"沈鱼问他。

"我不想去。"

"那我先走。"

沈鱼走后，翁信良从口袋里拿出三张票子，是三个月前，沈鱼去买的歌剧门票，准备三个人一起去看，日期正是今天，缇缇却看不到了，歌剧比人长久。

翁信良一个人拿着三张门票去看歌剧，整个剧院都满座，只有翁信良旁边的两个座位空着，本来是缇缇和沈鱼的。这个晚上，他独个儿流着泪，在歌剧院里抽泣，如同一只躲在剧院的鬼魅。

他愈来愈相信，是鲸冈从他手上把缇缇抢走。

舞台落幕，翁信良站起来，他旁边两个座位仍然空着，缇缇不会来了,他哀伤地离开剧院。在剧院外面,有一个活生生的女人等他,是沈鱼。沈鱼微笑站在他面前。

"我知道你会来的。"

翁信良低着头走,沈鱼跟在他后面。

"你为什么跟着我?"

"你肚子饿吗?我知道附近有一个地方很好。"

沈鱼带翁信良去吃烧鹅。

"这一顿饭由我做东。"

"好,很久没有好好吃一顿了,可以请我喝酒吗?"

"当然可以。"

翁信良不停地喝酒,原来他的目的不是吃饭,而是喝酒。

"不要再喝了。"沈鱼说。

"我从前是不喝酒的,如今才发现酒的好处,如果世上没有酒,日子怎么过?"

"你为什么不去死?"沈鱼骂他。

沈鱼扶着翁信良回到自己的家里,咕咕看见翁信良,立即跳到他身上,翁信良拥抱着咕咕,滚在地上,把它当做缇缇。

沈鱼拿热毛巾替翁信良敷脸。

翁信良喝得酩酊大醉,吐在沈鱼身上。

"你怎么了？"沈鱼用毛巾替翁信良抹脸，翁信良不省人事，躺在地毯上。

沈鱼脱掉身上的毛衣。翁信良睡得很甜，他有一张很好看的脸。沈鱼喂他喝茶，他乖乖地喝了。沈鱼脱掉内衣，解开文胸，脱掉袜和裤，一丝不挂站在翁信良面前。这个男人从来没见过她的裸体，从来没有拥抱过她，她是他在头一天遇到的第二个女人，这是她的命运。沈鱼替翁信良脱去衣服，他的身体强壮，肌肉坚实，她伏在他身上，翁信良抱着他，压在她身上，热情地吻她的脸和身体。

翁信良疲累地睡了，沈鱼把毛毯盖在他身上，牵着他的手，睡在他的身边，她给了这个失恋的男人一场性爱，是最好的慰藉，如果他醒来要忘记一切，她也不会恨他。

翁信良在午夜醒来，看见沈鱼赤裸睡在他身旁，她紧紧地握着他的手，他的喉咙一阵灼热，很想喝一杯水，他在地上找到自己的外衣，把它放在沈鱼的手里。沈鱼握着衣服，以为自己握着翁信良的手。翁信良站起来，穿上衣服，走到厨房，他找到一罐冰冻的可乐，咕咚咕咚地吞下去。

沈鱼站在厨房门外，温柔地问他：

"你醒了？"

"你要喝吗？"翁信良问沈鱼。

"嗯。"沈鱼接过翁信良手上的可乐,喝了一口。

沈鱼望着翁信良,翁信良不敢正视她,他不知道该说什么好。

沈鱼的鼻子不舒服,连续打了两个喷嚏。

"你着凉了?"

"不,是因为咕咕。"

"你家里也有一只相思?"翁信良在客厅里看到两只相思。

"这只相思是不会唱歌的。"

"不可能,不可能有不会唱歌的相思。"翁信良逗着笼里的相思,它果然不唱歌。

"没有爱情,相思也不会唱歌。"

"我还是回家。"翁信良穿上衣服。

沈鱼虽然失望,可是,她凭什么留住这个男人呢?是她先伏在他身上的,男人从来不会因为一场糊涂的性爱而爱上一个女人,何况有另一个女人,在他心里,有若刻骨之痛。

沈鱼送翁信良离开,他们之间,突然变得很陌生。

"再见。"

"再见。"沈鱼目送他走进电梯。

沈鱼站在阳台上,看到翁信良离开大厦。

"翁信良!"

翁信良抬头，沈鱼摊开手掌，不唱歌的相思在他头上飞过。她希望它回到林中会歌唱。

翁信良看着相思在头顶上飞过，沈鱼为什么也有一只相思？而她从来没有提及过。翁信良忽然明白，她原来也想要缇缇的礼物。

相思鸟在他头上飞过，沈鱼在阳台上望着他离去，翁信良觉得肩膊很沉重，他想哭。

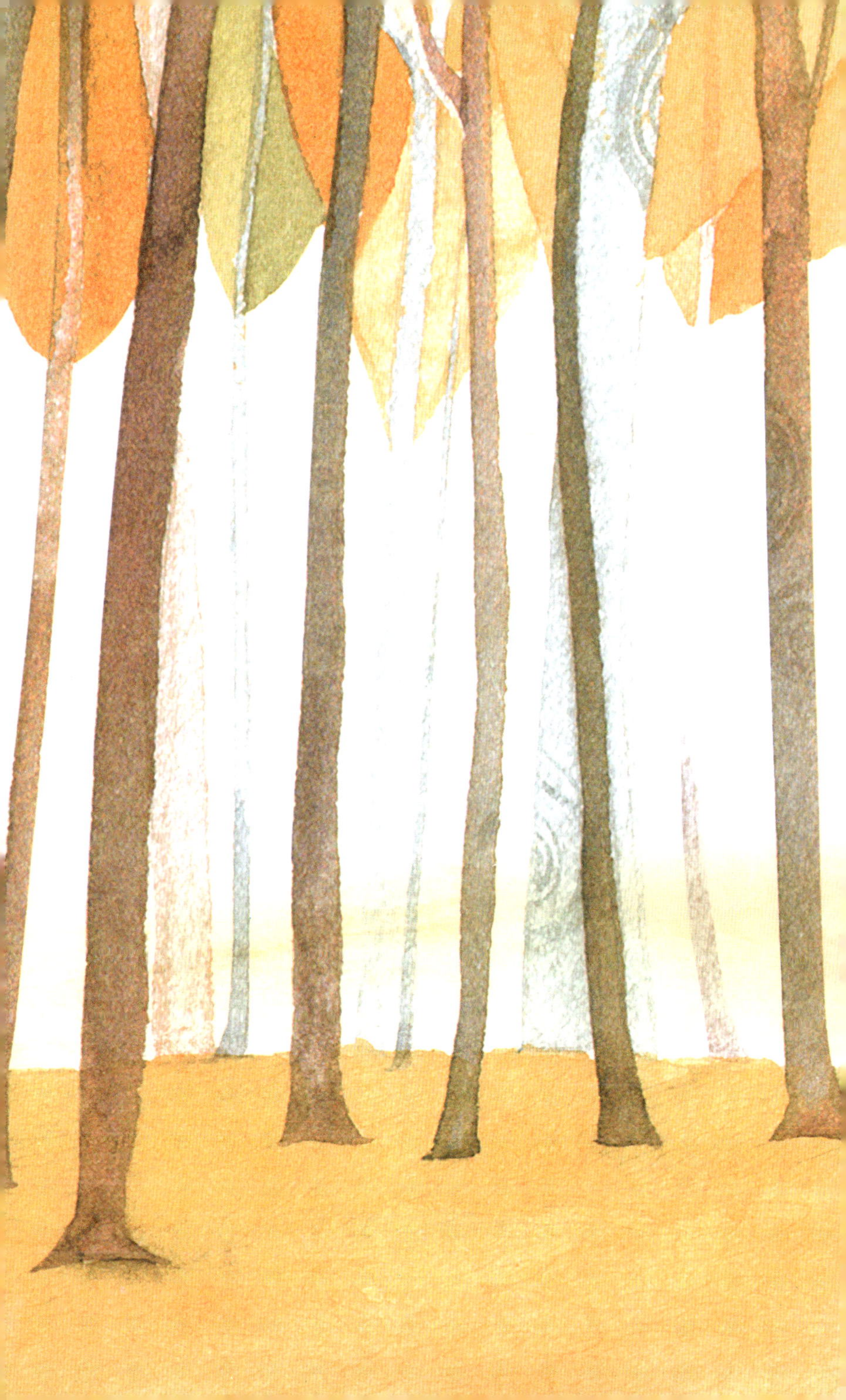

当马乐找翁信良喝酒的时候，他不知道该不该去，但还是去了。

"看见你重新振作，我很安心。"这个好朋友对他说。

翁信良只管喝酒。

"你有没有见过沈鱼？"马乐问他。

翁信良点头："你和她……"

"看来她不爱我，她爱的另有其人。"

翁信良低着头，连马乐都知道她爱着自己，翁信良却一直不知道。

沈鱼骑在杀人鲸身上出场，赢得全场掌声，只有在这个地方，她才感到被爱。

在办公室里，沈鱼接到翁信良的电话。

"今天晚上有空吗？"

"嗯。"沈鱼快乐地回答。

"我们一起吃饭。"

沈鱼赶回家中换衣服，放走了没有爱情的相思，爱情飞来了。

在餐厅里，翁信良和沈鱼一直低着头吃饭。

"你要甜品吗？"翁信良问沈鱼。

"不。"她心情愉快的时候不吃甜品。

翁信良要了一个西米布丁,他平常不吃甜品,但这一刻,他觉得该用甜品缓和一下气氛。

"前天晚上的事,我们可不可以当作没有发生过?"翁信良低头望着面前的西米布丁。

沈鱼抬头望着他,气得说不出话来,她痛恨这个男人。

"我不想害你。"翁信良沉痛地说。他不想因为悲伤,而占一个女人的便宜。可是,沈鱼却不是这样想,她认为他反悔。

沈鱼冲出餐厅,一直跑,跑回海洋剧场。翠丝因为怀孕被隔离了,以免力克不小心伤害胎儿。力克和曾经是情敌的米高在池里戏水,他们又成为好朋友了。沈鱼打开水闸,力克、米高和所有海豚同时游到大池,沈鱼脱掉衣服,潜进水里,她的自尊受到了极大侮辱,一个曾经进入她身体的男人对她说:"那天晚上的事就当作没有发生过吧!"

她知道未必有结果,却想不到男人竟然那么怯懦。

翠丝不甘寂寞,在池里不断发出叫声,沈鱼把水闸打开,让翠丝游到大池,力克连忙游近翠丝,跟它厮磨。沈鱼留在水底里,只有水能麻醉她的痛苦。在水底里,她看到了血,是翠丝的血。沈鱼连忙把力克赶开,翠丝痛苦地在水里挣扎,血从它下体一直流到水里,然后化开。沈鱼唯有传呼翁信良。

翁信良赶来替翠丝检查。

"你怎么可以让力克接近它？"翁信良责怪她。

"翠丝怎样了？"

"它小产。"

关于翠丝小产的事，必须通知主任兽医大宗美及海洋公园管理层。

"明天我会向大宗小姐解释。"沈鱼说。

"沈鱼……"翁信良欲言又止。

"不用说什么，我们之间从来没有发生过任何事情，这点我很明白。"

翁信良欲辩无言，他只是不想欺骗一个女人，却做得很笨拙。

第二天早上，沈鱼向大宗美自动投案，但翁信良比她早一步。

大宗美怒骂翁信良："你怎么可以因为自己心情不好，便让力克接触翠丝？你知道一条小海豚的价值吗？"

"对不起，我愿意辞职。"翁信良向大宗美深深鞠躬。

"我会考虑你辞职的要求。"大宗美说。

"大宗小姐……"沈鱼不想翁信良替她顶罪。

翁信良连忙抢白:"对不起,真的很对不起。"

"我要向主席报告这件事情。"大宗美说。

大宗美离开,沈鱼望着翁信良,不知道是否应该多谢他,然而,若不是他,沈鱼不会把翠丝放在人池,令它小产。一条小海豚因他的怯懦而牺牲了。

"你以为你这样,我们就可以打个平手吗?"沈鱼倔强地说。

"我没有这个意思。"

"那真是谢谢你。"沈鱼掉头走。

翁信良无可奈何,他向来不了解女人。如果没有遇上缇缇,他也许会爱上沈鱼的,她是一个很特别的女人。

晚上,沈鱼喂咕咕吃饭,脱毛的相思经过翁信良的治疗后,已经痊愈,却颠倒了日夜,快乐地唱着歌。沈鱼把洗好的衣服挂在阳台上,那件毛衣,是翁信良那夜吐过东西在上面的,沈鱼抱着毛衣,用鼻子去嗅那件毛衣,毛衣上有一股衣物柔顺剂的花香味,沈鱼却企图嗅出翁信良口腔里的味道。

门铃响起,难道是翁信良?不,是马乐。

"我刚在附近探朋友,来看看你。"

"为什么不先打电话来?"

"我怕你叫我不要来。"马乐直率地说。

沈鱼失笑:"喝茶好吗？"

"嗯。"

沈鱼泡了一杯茶给马乐。

"马乐，你爱我吗？"沈鱼问他。

"不爱。"马乐说。

沈鱼很意外，她以为马乐会哀痛地说:

"爱。"

她想从他身上得到一点慰藉，想不到连这个男人都背叛她。

"这不是你想听到的答案，对不对？"马乐问她，"如果我答爱的话，你会快乐吗？我想不会，因为你爱的人不是我。"

沈鱼无地自容，伏在阳台的栏杆上。

"我永远不可能成为翁信良，你也永远不可能成为缇缇。"

"我从来没有想过成为缇缇。"

"但你不会拒绝做她的代替品。"

是的，翁信良和她缠绵的时候，是把她当做缇缇的。为了得到他，她扮演缇缇。

在马乐面前，她坚决否认:"缇缇比我幸福，她在一个男人最爱她的时候死去。我永远不会是她。"

"沈鱼，你是一个很好的情人，却不是一个好太太。"

"为什么？"

"你会倾尽所有爱一个人，但跟你生活却是一个负担。"

"所以你也不爱我？"

"你根本不需要我爱你，你知道我喜欢你的。"马乐温柔地说。

沈鱼在阳台上看着马乐离去，感觉跟看着翁信良离去是不一样的，没有爱情，背影也没有那么动人。

她决定从明天开始放弃翁信良。为什么要从明天开始？她想用一个晚上眷恋他。

第二天早上，沈鱼抖擞精神回到海洋剧场，翁信良比她早到，他替翠丝检查，它的情况已经稳定。

"早安。"翁信良温柔地跟沈鱼说，"那天晚上的事，对不起，我意思不是想当作没事发生。"

她拒绝他的时候，他却回来了。

"我可以当作没事发生的。"沈鱼跳进池里，跟力克游泳。

翁信良站在岸上，不知道说什么好。女人在爱上一个男人之后会变蠢，而男人在不知道如何安慰一个女人的时候，也是很蠢的。

沈鱼故意不去理会翁信良,翁信良失望地离开海洋剧场,沈鱼在水里一直看着他离去的背影,她无论如何不能恨他,她恨自己在他面前那么软弱。沈鱼拿起池边的哨子,使劲地吹出一串声音,她把爱和矛盾发泄在刺耳的声音上,海豚听到这一连串奇怪的声音,同时嘶叫,杀人鲸也在哀鸣,它们也被沈鱼的爱和矛盾弄得不安。翁信良在剧场外听到这一组奇怪的声音,好像一个女人的哭声,他回头,是沈鱼,沈鱼在岸上忘情地吹着哨子。一个女人,用她所有的爱和热情来发出一种声音,使得动物也为她伤心。十条海豚在哨子声中不断翻腾,它们是沈鱼的追随者。

沈鱼运用全身的气力继续吹出她的爱情伤痛,杀人鲸愈跳愈高,海豚从水里跳到岸上,排成一队,追随着沈鱼。翁信良从没见过这样壮丽的场面,当一个女人将爱情宣之于口,原来是如此震撼的。

这一天晚上,翁信良留在工作间做化验工作。自从缇缇死了,他习惯用这个方法来使自己疲倦,疲倦了,便不会失眠。

但这一天跟平常不同,他挂念沈鱼,很想去看看她。翁信良站在沈鱼的家的门外,犹豫了一段时间。他突然忘记了自己的目的,是道歉还是继续一种关系?他想道歉,这种想法令他感到舒服,因为即使被拒绝,也不太难堪。他鼓起勇气拍门,

沈鱼来开门。咕咕扑到翁信良身上,狂热地吻他。沈鱼看见翁信良,心里一阵酸。翁信良凝望沈鱼,说不出话来,他很少向女人道歉。

"对不起。"翁信良想道歉。

沈鱼紧紧抱着翁信良,她需要这个男人的温暖。

"你先让我进来,让人看到不好意思。"

沈鱼不肯放手,整个人挂在翁信良身上。翁信良唯有逐步移动,终于进入屋里。

"我忘不了缇缇。"翁信良说。

"我知道。"沈鱼哽咽,"我只是想抱抱你。缇缇是不是这样抱的?"

"你不要跟她比较。"

"我比不上她。"

"我不是这个意思。"

沈鱼把翁信良箍得透不过气来。

"你给我一点时间。"翁信良说。

沈鱼点头。

"你有什么方法可以令海豚和鲸鱼变成这样?"

"我是海豚训练员。"

"不可能的。"

"爱情可以改变很多事情。"沈鱼说,"我也没想到它们会这样。"

翠丝流产的事,大宗美虽然向主席报告了,但极力维护翁信良,翁信良可以继续留下来。长得好看的男人,都有女人保护他。

亡命跳水队新来的女跳水员是一名黑人,代替缇缇的位置。每次经过跳水池,翁信良也故意绕道而行,那是他最痛苦的回忆。可是这一天,观众的喝彩声特别厉害,翁信良终于再次走近他与缇缇邂逅的地方。年轻的黑人女跳水员在九十米高空上向群众挥手,她是一位可人的黑珍珠。缇缇站在九十米高空上也是风姿迷人的,她向人群挥手,她挥手的姿态很好看,好像是一次幸福的离别,然后她张开双手,跨出一步,缇缇回来了。

黑人女跳水员从水里攀到岸上,经过翁信良身边的时候,对他微笑,她不是缇缇。翁信良失望地转身离开,沈鱼就站在他身后。

到了晚上,他们一直无话可说,翁信良跟咕咕玩耍,沈鱼替相思洗鸟笼。

"我也可以从九十米高空跳到水里的。"沈鱼放下鸟笼说。

翁信良不作声。

沈鱼拿起背包,准备出去。

"你要去哪里?"

"我也可以做得到的。"

"你别发神经。"

沈鱼没理会翁信良,拿着背包走了。她回到海洋公园,换上一袭泳衣,走到跳水池去,她抬头看看九十米高的跳台,那是一个令人胆战心惊的高度。沈鱼从最低一级爬上去,愈爬愈高,她不敢向下望,风愈来愈大,她终于爬到九十米高空了。沈鱼转过身来,她双脚不停地抖颤,几乎要滑下来,缇缇原来是一个很勇敢的女孩,她怎能和她相比?为了爱情,她愿意跳下去,她能为翁信良做任何事,可是,她胆怯了,她站在九十米高台上哭泣,她拿不出勇气。

"下来。"翁信良在地上说。

沈鱼望着地上的翁信良,他比原来的体积缩小了好多,他向她挥手,高声呼喊她下来。

翁信良抬头望着沈鱼,他看到她在上面抖颤,这是一个可怕的高度,他也开始胆怯,他真害怕沈鱼会跳下来,他接不住她。

沈鱼没有她自己想象的那么伟大,她终究不敢跳下来。

"我怕。"沈鱼哭着说。

"下来。"

沈鱼期望这个男人为了爱情的缘故，会攀上九十米高台亲自把她抱下来。可是，他无动于衷，只是站在地上。

沈鱼从九十米高台走下来，冷得发抖。

"我还舍不得为你死。"沈鱼对翁信良苦涩地笑。

"不要为我死。"

"你没想过抱我下来吗？"

翁信良沉默。

"如果是缇缇，也许你会的。"

"回去吧！"

翁信良送沈鱼回家。沈鱼开始后悔刚才没有从九十米高空跃下，跃下来不一定会死，然而，两个人之间的死寂却教人难受。

沈鱼换了睡衣，翁信良一直没有换衣服，也没有脱去鞋子。

"我还是搬走吧。"翁信良终于开口。

"不，不要。"沈鱼抱着他。

"不要这样，我们不可能一起。"

"我保证今天的事不会再发生。"沈鱼哀求他。

"你无需要为爱情放弃自尊。"

"我没有，你便是我的自尊。"

"你变了，你号召海豚的自信和魔力消失了吗？"翁信良叹息。

"我仍然是那个人——那个第一天看见你便爱上你的人。"

翁信良软化了，他也需要慰藉。

这一天，沈鱼不用上班，到演奏厅找正在彩排的马乐。

"找我有事？"

"经过这里，找你聊聊天。你近来怎样？"

"你呢？"

"我和翁信良一起。"沈鱼幸福地说。

马乐好像早就料到。

"你好像已经知道，是翁信良告诉你的吗？"

"他没有告诉我，我从你脸上的表情看得出你正在恋爱。"

"我是不是对不起缇缇？"

"她已经死了。"

"我知道，但我真的觉得很对不起她。"

"不要这样想。"

"我知道他仍然挂念缇缇。那天晚上，我站在九十米跳水高台上，翁信良只叫我自己下来。如果换了是缇缇，他一定会攀上高台接她下来。"

"不会。"

"为什么?"

"你不知道翁信良有畏高症的吗?"

"你为什么不告诉我你有畏高症?"沈鱼问翁信良。

"谁告诉你的?"

"我今天见过马乐。怪不得那次你坐吊车要闭上眼睛。"

"我闭上眼睛养神罢了。"翁信良笑说。

"狡辩!你为什么会畏高?"

"我小时候被一个长得很高的人欺负过。"

沈鱼大笑:"胡说八道。"

"我打算辞职。"翁信良说。

"你要去哪里?"

"我跟一个兽医合作,他在北角有一间诊所。他移民的申请批准了,每年有一半时间要在加拿大,所以想找一个合伙人。"

翁信良辞掉海洋公园的职位,在北角兽医诊所驻诊,助护朱宁像日本漫画里长得比女主角差一点的女配角,嘴角有一粒痣，使她看来很趣致。她有点神经紧张，时常做错事，翁信良不明白上一任兽医为什么要雇用她。她唯一的优点也许是对小动物有无限爱心，连患皮肤病的狗，她也跟它亲吻。

沈鱼到诊所探过翁信良一次，看见穿着白色制服、梳着一条马尾的朱宁，她开始提防她。沈鱼觉得很可笑，她从前不是这样的，她对自己很有信心，从来不会防范男人身边的女人，今天，却对这个十七岁的小姑娘生戒心，是她自己已不是十八、廿二，而是二十六岁，还是因为她紧张翁信良？

沈鱼想到一个好方法，要防范一个女人勾引她男朋友，最好便是跟她做朋友。于是，一个中午，她主动邀朱宁吃午饭。

"你在诊所工作了多久？"

"一年多。"朱宁说。

"我也很喜欢小动物。"

"是的，你的样子像海豚。"

"你有男朋友吗？"沈鱼进入正题。

朱宁甜蜜地点头。

"是什么人？"沈鱼好奇。

"我们十二岁已经认识，他是我同学。"

"他也喜欢动物吗？"

"他说他最喜欢的动物是我。"

"我还以为现在已经没有那么专一的爱情。"

"我想嫁给他的。"朱宁幸福地说,"你呢,你会嫁给翁医生吗?"

"我和你男朋友一样。"沈鱼说。

朱宁不明白。

"他是我最喜欢的动物,如果他不娶我,我会将他人道毁灭。"

沈鱼不再对朱宁存有戒心,她亲眼目睹她提起男朋友时那种温馨幸福的笑容,有这种笑容的女人短期内不会移情别恋。

二月十四日早上,沈鱼醒来,给翁信良一个吻,然后上班去。她上班的时间比翁信良早。这天发生了一件不如意的事,她骑杀人鲸出场的时候,竟然从鲸鱼身上滑下,掉到水里,出了洋相,观众的掌声突然停止,全场注视她,沈鱼努力爬上鲸鱼身体时,再一次滑下。她整天郁郁不乐,打电话到诊所找翁信良,朱宁说他正在将一头患上膀胱癌的母狗人道毁灭。沈鱼在电话里听到那边传来一阵凄厉的哭声。

"是那头母狗的主人在哭。"朱宁说。

沈鱼下班后到市场买菜,她茫然走了二遍,也想不到买什么。一双新的布鞋却沾上了污渍，令人讨厌。回到家里，她把布鞋扔进洗衣机里，放进大量无泡洗衣粉和衣物柔顺剂，然后按动开关。一双鞋在洗衣机的不锈钢滚桶里不断翻滚，发出轰隆轰隆的声音，沈鱼站在洗衣机前，聆听着这种空洞的声音，直至洗衣机停顿。她从洗衣机里拿出那双有红色碎花图案的白布鞋来，黑色的污渍都给洗掉了。可是红色的碎花图案也给洗得褪色。要去掉难缠的污垢，总是玉石俱焚。

翁信良回来了。

"今天有一头母狗死了？"沈鱼问翁信良。

"是的。"

今天是西方情人节和中国情人节同一天的特别日子，电视晚间新闻报道，选择今天举行婚礼的新人破了历年人数的纪录，是最多人结婚的一天。沈鱼把电视机关掉。她和翁信良都尽量不想提起这个日子。二月十四日，本来是翁信良和缇缇的婚期。

在床上，沈鱼抱着翁信良说："我挂念缇缇。"

翁信良从抽屉里拿出一盒礼物给沈鱼。

"送给你的。"

"我的？"沈鱼拆开盒子，是一只很别致的腕表，表面有一条会摆动的海豚。

"你在哪里找到的?"

"在诊所附近的一间精品店找到的,你喜欢吗?是防水的,潜水也可以。"

沈鱼幸福地抱着翁信良,她没想到会收到情人节礼物。因为怕翁信良不喜欢,她甚至不敢送情人节礼物给他。

翁信良为沈鱼戴上腕表，这一天，原该是他和缇缇的日子，可是，现在换上另一个女人，虽然如此，他不想待薄她。

星期六上午，一个女人抱着一头波斯猫进入诊所。翁信良看到她，有点意外，她是胡小蝶，是他从前那个在机场控制塔工作的女朋友，她的外表一点也没有改变，依旧有一种不该属于年轻女人的迷人的风情。

"真的是你？"小蝶惊喜。

翁信良也不知道说什么好。

"我刚刚搬到附近居住，叮当好像害了感冒，我带它来看医生，在门口看到你的名牌，没想到真的是你，我以为你还在日本。"

"是去年中回来的。"

波斯猫叮当好像认得翁信良，慵懒地躺在他的手肘上。

"它认得你。"

叮当是翁信良离开香港时送给小蝶的，叮当本来是他的病猫，患上皮肤病，被主人遗弃，翁信良悉心把它医好。小蝶爱上一个机师，那一夜，翁信良抱着叮当送给她，向她凄然道别。没想到她还一直把它留在身边。

"它害了感冒。"

"我看看。"翁信良替叮当检查,"我要替它打一针。"

站在一旁的朱宁协助翁信良把叮当按在手术床上,从翁信良和胡小蝶的表情看来,她大概猜到他们的关系。

"费用多少?"

"不用了。"翁信良抱着叮当玩耍,这只猫本来是他的。

"谢谢你。"

翁信良看着小蝶离去,勾起了许多往事,他曾经深深爱着这个女人,后来给缇缇取代了,缇缇可以打败他生命中所有女人,因为她已经不在人世。下班的时候,翁信良接到胡小蝶的电话:"有空一起喝茶吗?"

"好。"他不想冷漠地拒绝她。

他们相约在北角一间酒店的咖啡室见面,胡小蝶抽着烟在等他,她从前是不抽烟的。

"你来了。"胡小蝶弹了两下烟灰,手势纯熟。

"你这几年好吗?"小蝶问他。女人对于曾经被她抛弃的男人,往往有一种上帝的怜悯。

"还好。"

"你的畏高症有没有好转?"

"依然故我。"翁信良笑说。

"我跟那个飞机师分手了。"

"我还以为你们会结婚。"翁信良有点意外,"你们当时是很要好的。"

胡小蝶苦笑:"跟你一起五年,渐渐失去激情,突然碰到另一个男人,他疯狂地追求我,我以为那才是我久违了的爱情。"

翁信良无言。

"他妒忌心重,占有欲强,最后竟然辞掉工作,留在香港,天天要跟我在一起,我受不了。"

"他又回去做飞机师了?"

胡小蝶摇头:"他没有再做飞机师。"

"哦。"

"你有没有交上女朋友?"

"我现在跟一个女孩子住在一起。"

小蝶的眼神里流露一种失望,她连忙狠狠地抽一口烟,呼出一团烟雾,让翁信良看不到她脸上的失望。翁信良还是看到,毕竟这是他爱过的女人,她如何掩饰,也骗不倒他。

"我现在一个人住,你有空来探我。"

翁信良回到家里,沈鱼热情地抱着他。

"你身上有烟味。"沈鱼说。

"噢,是吗?今天有一位客人抽烟抽得很凶。"翁信良掩饰真相。

"是骆驼牌?"

"好像是的。"翁信良故作平静,"你怎么知道是骆驼牌?"

"我曾经认识一个男人,他是抽骆驼牌的。你的客人也是男人?"

"嗯。"

"抽驼骆牌的多半是男人,很少女人会抽这么浓的香烟。"

翁信良也不打算去纠正她,女人对于男朋友的旧情人总是很敏感。胡小蝶抽那么浓的烟,她一定很不快乐。

沈鱼把翁信良的外衣挂在阳台上吹风,那股驼骆牌香烟的味道她依然没有忘记,他是她的初恋情人。她邂逅他时,觉得他抽烟的姿态很迷人,他拿火柴点了一根烟,然后放在两片唇之间,深情地啜吸一下,徐徐呼出烟圈,好像跟一根烟恋爱。

三天之后,胡小蝶又抱着波斯猫来求诊。

"它有什么病?"

"感冒。"小蝶说。

翁信良检查叮当的口腔,它看来健康活泼:"它不会有感冒。"

"是我感冒。"胡小蝶连续打了三个喷嚏,"对不起。"

翁信良递上纸巾给她。

"你要去看医生。"翁信良叮嘱她。

"吃治猫狗感冒的药也可以吧?"

"我拿一些给你。"翁信良去配药处拿来一包药丸。

"真的是治猫狗感冒的药?"小蝶有点害怕。

"是人吃的。"翁信良失笑,"如果没有好转,便应该去看医生。"

"也许连医生也找不到医我的药。"小蝶苦笑,离开诊所,她的背影很凄凉。

胡小蝶从前不是这样的,她活泼开朗,以为世上没有解决不了的事情。令女人老去的,是男人和爱情。

下班的时候,翁信良打电话给胡小蝶,她令他不放心。

胡小蝶在梦中醒来。

"吵醒你?"

"没关系。"

"你好点了吗?"

"好像好了点,你在什么地方?"

"诊所。"

"陪我吃饭好吗？我是病人，迁就我一次可以吗？"

"好吧。"

"我等你。"小蝶雀跃地挂了电话。

"我今天晚上不回来吃饭，我约了马乐。"翁信良在电话里告诉沈鱼。在与胡小蝶重逢后，他第二次向沈鱼说谎。

叮当跳到翁信良身上，嗅了一会，又跳到地上。胡小蝶也嗅嗅翁信良的衣服。

"你身上有狗的气味，难怪叮当跑开，你有养狗吗？"

"是的。"

"什么狗？"

"松狮。"

"你买的。"

"是一位已逝世的朋友的。"翁信良难过地说。

"你从前不养狗的，只喜欢猫。"

"人会变的。"

"你晚上不回家吃饭，你女朋友会不会生气？"

翁信良只是微笑。小蝶看着翁信良微笑，突然有些哽咽，她老了，翁信良却没有老，他依然长得俊俏，笑容依然迷人，当初她为什么会突然不爱他呢？

她自己也不知道。

胡小蝶点了一根骆驼牌香烟。

"这种牌子的香烟焦油含量是最高的,不要抽太多。"翁信良说。

"已经不能不抽了。"胡小蝶笑着说。

"那么改抽另外一种牌子吧。"

"爱上一种味道,是不容易改变的。即使因为贪求新鲜,去试另一种味道,始终还是觉得原来那种味道最好,最适合自己。"胡小蝶望着翁信良,好像对他暗示。

"你女朋友是干什么的?"

"她是海豚训练员。"

"好特别的工作。"

"你们一起很久了?"

"只是这几个月的事。"

"如果我早点跟你重逢便好了。"

翁信良回避胡小蝶的温柔,说:"那时我刚准备结婚。"

"跟另一个人?"

翁信良点头。

"那为什么?"

"她死了。"翁信良哀伤地说。

"你一定很爱她。"胡小蝶心里妒忌,她天真地以为翁信良一直怀念的人是她。

胡小蝶又点燃了一根骆驼牌香烟。

"抽烟可以减少一些痛苦。"

"不。"

"你认为抽烟很坏吗,尤其是抽烟的女人?"

"你抽烟的姿态很迷人,真的。"

"我以前就不迷人?"

"我不是这个意思,以前我们都年轻,不了解爱情。"

"你是否仍然恨我?"胡小蝶把烟蒂挤熄在烟灰碟上,她的指甲碰到了烟灰。

翁信良摇头。

"因为你已经不爱我?"

"只是爱情和伤痛都会败给岁月。"翁信良说。

胡小蝶点了一根香烟,走到激光唱机前,播放音乐。

"陪我跳舞好吗?"她把香烟放在烟灰碟上,拉着翁信良跳舞。胡小蝶伏在翁信良的肩膊上,他们曾经有美好的日子。翁信良抱着胡小蝶,许多年后,他再次触碰她的身体,曲线依旧美好,她的长发还是那么柔软,她的乳房贴着他的胸口在摩擦,她有一种难以抗拒的凄美,她代表以往那些没有死亡的日子。

胡小蝶闭上眼睛,吻翁信良的嘴唇,他们接吻,好像从前一样,所不同的,是胡小蝶的吻有驼骆牌香烟的味道。

胡小蝶吻翁信良的耳朵,他痒得不停扭动脖子。

"不要。"翁信良轻轻推开她。

胡小蝶尴尬地垂下头。

"我想我应该走了。"翁信良不想辜负沈鱼。

"好吧。"胡小蝶若无其事地说。她拒绝过他,就别再期望他会重新接受她,时间总是愚弄人。

"再见。"翁信良走近门口。

胡小蝶替他开门:"再见。"

翁信良对于自己的定力也感到惊讶,他竟然可以拒绝她,他是几经挣扎才可以拒绝她的,绝对不是报复她离开他,而是想起沈鱼。

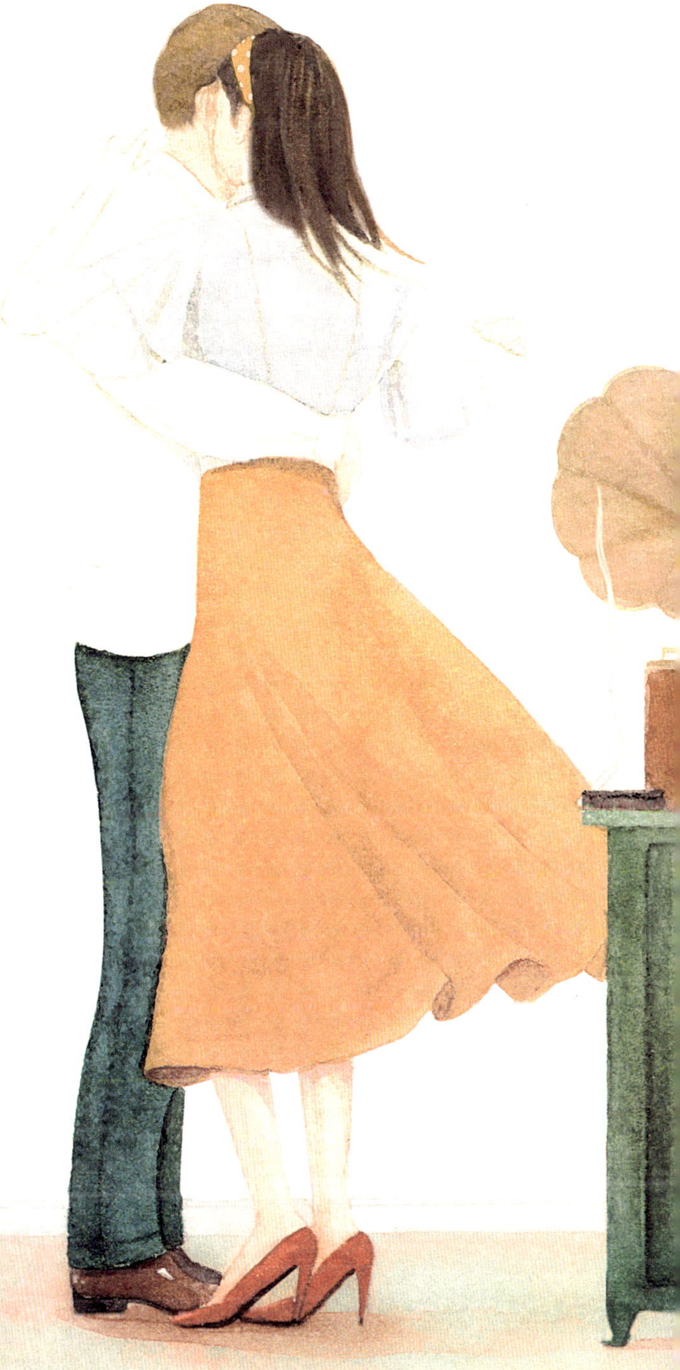

翁信良回到家里，沈鱼在吃即食面。

"你回来了？"

翁信良把她抱上床。

"你身上有骆驼牌香烟的味道，马乐也抽骆驼牌吗？"沈鱼问翁信良。

"不，是那个客人，他也是玩音乐的，我介绍他认识马乐，他们很投契。"翁信良撒第三次谎。

"他叫什么名字。"

"彼得。"翁信良随口说出一个名字。

沈鱼觉得翁信良的热情有点不寻常，他在外面一定受到了挫折，这是女人的感觉。

翁信良呼呼地睡了，沈鱼用手去拨他的头发，他的头发上有股浓烈的骆驼牌香烟的味道，女人不会抽这么浓烈的香烟。

第二天早上，翁信良回到诊所，看见叮当在诊症室内。

"谁把它带来的。"

"胡小姐。"朱宁说，"她说有事要到外地，把它暂时寄养在这儿。"

"胡小姐去了哪里？"翁信良心里牵挂，他昨天晚上伤害了她。

"不知道。"

中午,翁信良约马乐吃饭,他们去吃日本菜。

"为什么对我那么阔绰?"马乐笑着问他。

"我碰到胡小蝶。"

"她不是跟那个飞机师一起吗?"

"他们分手了,她就住在诊所附近,她变了很多,抽烟抽得很凶。"

"沈鱼知道吗?"

"没有告诉她,女人对这些事情很敏感的。"

"你对胡小蝶还有余情?"马乐看穿他。

"我告诉沈鱼那天晚上跟你一起吃饭,还有彼得。"

"彼得?"

"就是小蝶,她是抽骆驼牌的彼得。"

"胡小蝶抽骆驼牌?"马乐问翁信良。

"是的。沈鱼的鼻子很灵敏。"

"你打算怎样?"马乐问。

"什么怎样?"

"你和小蝶之间。"

"很久以前已经完了。"

"如果是真的，那就好了。"

"你对沈鱼有特殊感情。"翁信良有点妒忌。

"可惜，她爱的是你。"马乐含笑说，"一个女孩子，要是同时遇上你和我，都只会看上你。"

"这是我的不幸还是你的不幸？"翁信良失笑。

马乐也笑，他也曾钟情于胡小蝶，是他介绍他们认识的，他常常是爱情故事里的男配角。

"你那位客人这几天没有出现？"吃晚饭的时候，沈鱼问翁信良。

"你怎么知道？"翁信良惊讶。

"你身上没有骆驼牌的味道。"

"是的，他去外地了。"

"我在想，他会不会是我以前认识的那个男人？"

"不会的。"翁信良斩钉截铁地说。

"你为什么那样肯定？"

"他年纪比较大。"翁信良急忙撒了一个谎。

"而且他也不喜欢小动物，又不是玩音乐的，不可能是他。"沈鱼说，"彼得玩什么音乐的？"

"流行音乐。"翁信良随便说。

一个黄昏，沈鱼约了马乐喝茶。

"那个彼得是玩什么音乐的?"

"地下音乐。"马乐随便说。

胡小蝶已经离开了七天,音讯全无,叮当没精打采地伏在笼里,翁信良想抱它,它竟然抓伤了他。

"医生,你没事吧?"朱宁替他检查伤口。

"没事,只是抓伤表皮。"

"它一定是挂念主人了。"朱宁替翁信良贴上胶布。

翁信良蹲在地上,看着叮当,他本来是它的主人,如今却因为挂念后来的主人而把他抓伤。动物无情,人也不见得比动物好,他不也是为了沈鱼而拒绝胡小蝶吗?他们上床那一夜,他发现胡小蝶是第一次,他心里有些内疚,有些感动,他没想过这个漂亮的女孩是第一次跟男人上床。那一刻,他发誓永远不会离开,他遵守诺言,但她走了。

翁信良离开诊所。

"医生,你要去哪里?"朱宁问他。

"我很快回来。"翁信良匆匆出去。

朱宁觉得翁信良和胡小蝶之间有些不寻常关系,她不能正确猜到是哪 种关系。她想,胡小蝶可能正在单恋翁信良,女病人单恋英俊的医生,是常有的事。病猫的主人单恋俊俏的兽医也不是没有可能的。许多时候,动物害了感冒或抑郁症,是因为它的主人首先抑郁起来。

翁信良很快回来了。他把叮当从笼里抱出来,放在工作台上,叮当没精打采地垂下眼皮,俯伏在台上。翁信良在口袋里掏出一包骆驼牌香烟,他点了一根烟,深深地吸了一口,向着叮当喷出一团烟雾,叮当立即张开眼睛,望着前面的一团烟雾。翁信良很高兴,点了很多根香烟,每一根香烟以差不多的速度在空气中燃烧,造成一团很浓很浓的烟雾,将叮

当包围着。叮当很雀跃，精神抖擞地站起来，不停地在桌上跳动，伸出小爪想抓住烟雾。

"成功了！"翁信良开心地高举两手。

"医生，你干什么，你想它患上肺癌。"朱宁走进来，吓了一跳。

"它以为这是它主人的味道。"

叮当兴奋地扑到翁信良身上，舐他的下巴。朱宁看到，忍不住大笑："它真蠢。"

翁信良突然领悟到，人在动物心里，留下的不过是味道，而不是样貌。

胡小蝶的样貌改变了，他自己的外表也跟以前不同了，但他们却想念从前的味道。

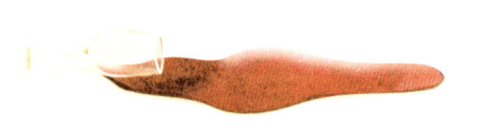

Chapter
III

深情的呕吐

翁信良约沈鱼看七时半放映的电影,他匆匆赶到戏院,沈鱼在大堂等他。

"彼得回来了?"沈鱼问他。

翁信良知道那是因为他身上的烟味。

"不是,我营造味道骗他的猫。"

"猫?他的猫放在你那里?"

"是的。"

翁信良拉着沈鱼进场。在漆黑的戏院里,翁信良握着沈鱼的手,沈鱼的手却是冰冷的。

"你不舒服吗?"

"没事。"

平常,她会倚在他的肩膊上,甚至将一双腿搁在他大腿上,今天,她不想这样做,她开始怀疑彼得是一个女人。

散场了,戏院的人很多,翁信良走在前头,沈鱼跟在后头,翁信良在人群中握着她的手。沈鱼看着翁信良的背影，忍不住流下泪，她不想失去他。

翁信良不知道沈鱼曾经流泪，她的手愈来愈冰冷。

"你要不要回去休息，你好像发热。"翁信良把手按在她的额头上。

"不，我想喝一碗很热很热很热的汤。"

他们去吃西餐，翁信良为她叫了一碗罗宋汤。

汤来了，冒着热气，沈鱼深深地呼吸了一口，撒上大量的胡椒，辣得她想流泪。

"慢慢喝。"翁信良叮嘱她。

"你为什么对我这样好？"沈鱼含泪问他。

"你这样令我惭愧。"翁信良说。

"彼得玩什么音乐？我忘了。"沈鱼说。

"地卜音乐。"翁信良说。

翁信良的答案竟然跟马乐相同，她第一次问他，他说彼得玩流行音乐，难道沈鱼自己记错了？她但愿如此，女人一般不会抽骆驼牌那么浓烈的香烟的。

沈鱼喝光了面前那碗热腾腾的罗宋汤，伸了一个懒腰："现在好多了。"

翁信良握着她的手，她的手传来一阵温热："果然好多了。"

"我想去吹海风。"沈鱼说。

"你不怕冷?"

"陪我去。"沈鱼把手伸进翁信良的臂弯里,在海滨长堤漫步,她倚着翁信良,感到自己十分可恶,她一度怀疑他。她用鼻子在翁信良身上嗅。

"干什么?"

"烟味消失了。"

"味道总会随风而逝。"翁信良说。

其实马乐在那天跟沈鱼喝过下午茶后,立即跟翁信良通电话。

"她问我彼得玩什么音乐,我说是地下音乐。"

"糟了,我好像说是流行音乐。"翁信良说。

"她听到答案后,精神一直不集中,所以我告诉你。"

"谢谢你。"

所以,今天晚上,当沈鱼问彼得是玩什么音乐时,他其实早有准备,就说地下音乐吧,这个答案是沈鱼最后听到的,印象比较深,而且由于女人都不想伤心,她会怀疑自己,却相信男人的说话。

这个时候,沈鱼睡在他身边,她的身体不停抖颤,手掌冰冷,蜷缩在被窝里。

"你发冷，我拿药给你。"翁信良喂她吃药。

他看到她痛苦的样子，很内疚，很想向她说实话。

"你会一直留在我身边吗？"沈鱼问翁信良。

翁信良握着她的手点头答应。

她的身体有点儿痉挛。

"不行，我要带你去看医生。"翁信良把她从床上抱起来。

"如果我死了，你是不是会比现在爱我？"

"你不会死的。"

他把沈鱼送到铜锣湾一间私家医院的急症室，登记之后，他扶着沈鱼坐在沙发上等候。他意识到有人盯着他，翁信良抬头看看，是胡小蝶，她为什么会在这里？胡小蝶穿着一身黑衣服，正在抽她的骆驼牌香烟，翁信良的确很震惊。胡小蝶把目光移到远处，静静地抽她的烟。

"那个女人也是抽骆驼牌的。"沈鱼对翁信良说。

沈鱼觉得这个抽骆驼牌的女人有一股很特别的味道，她终于知道也有抽骆驼牌的女人。

"小姐，这里是不准吸烟的。"一名护士跟胡小蝶说。

"对不起。"胡小蝶把香烟挤熄在一个她自己随身携带的烟灰碟里。

翁信良斜眼看着胡小蝶，他害怕她会忽然过来跟他打招呼，但，现在看来，她似乎不会这样做。她不是去了外地吗？为什么会在急症室里出现？她脸上没有痛苦的表情，不像病得厉害。她愈来愈神秘，已经不是以前的她。护士叫胡小蝶的名字，她进去诊症室。

翁信良觉得自己很可笑，他刚才竟然有点儿害怕，他不懂得处理这种场面。女人原来比男人镇定。

护士叫沈鱼的名字，翁信良陪她进入另一间诊症室。现在，胡小蝶和沈鱼分别在两间房里，翁信良比较放心。胡小蝶会在外面等他吗？

翁信良陪沈鱼到配药处取药，胡小蝶不见了，她刚才坐的位置，给另一个女人占据着。

"我想去洗手间。"沈鱼说。

"我在这里等你。"

沈鱼进入洗手间，医院的洗手间一片苍白，有一股强烈的消毒药水味道，刚才那个抽骆驼牌香烟的女子站在洗手盆前面抽烟，沈鱼下意识抬头看看她，她向沈鱼报以微笑。沈鱼走进厕格里，她想，这个女人的烟瘾真厉害。她并不知道，这个抽烟的女人正是翁信良曾经爱过的女人。

胡小蝶终于看到翁信良现在爱着的女人，这个女人好像比她年轻，今天晚上因为患病，所以脸色苍白，嘴唇干裂，头发比较枯黄干燥。翁信良说，她是海豚训练员。时常泡在水里，也许因此头发变成这个颜色。她的身形很好看，也许是经常运动的缘故，她自己就比不上她了，但论到容貌，还是自己胜一筹。翁信良从前跟她说，女人的身段不重要，样貌最重要，现在竟然改变了品味，这个男人是不是老了？

沈鱼从厕格出来，这个穿黑衣的女人仍然在抽她的香烟。她在镜子里偷看这个抽烟的女人，她的容貌很细致，有点像缇缇，的确有点像缇缇。

翁信良在大堂寻找胡小蝶的踪迹，他想跟她说几句话，没什么的，只是几句关心的话。

"你找什么？"沈鱼叫他。

"没什么，走吧。"

胡小蝶看着镜中的自己，看着看着，竟然流下眼泪，虽然她仍然很漂亮，可是已经老了，受不起跌宕的爱情，她要回到翁信良身边，她要把他抢回来。

第二天早上，翁信良回到诊所，叮当不见了。

"胡小姐把它带走了。"朱宁说。

中午，沈鱼打电话给翁信良。

"你今天晚上会回来吃饭吗？"

"你病了,不要弄饭。"

"已经好多了。"

"好吧,我七时左右回来。"

翁信良一直惦挂着胡小蝶,下班后,到她住的地方看看。

翁信良来到胡小蝶住的大厦,在通话机前等了很久也没有人响应,决定离开。就在这个时候,胡小蝶回来了。

"咦,是你?"

"是的,我……昨天晚上在急症室碰见你,你没事吧!"

"上去再说。"胡小蝶打开大厦大门。

翁信良只得尾随她进去。在电梯里,大家沉默,对于昨夜连一个招呼都不打,翁信良难免觉得自己有点小家子气。

"你哪里不舒服?"翁信良问她。

"胃痛。"胡小蝶吞下几颗黄色的药。

"那你休息一下吧。"

"你今天晚上可以陪我吃饭吗?"

"对不起,我答应了回家吃饭。"

"你答应了什么时候回去?"

翁信良看看手表:"大约七时吧。"

"还有时间,陪我吃一点东西好吗?我的胃很不舒服,自己一个人又不想吃。"

"你喜欢吃什么?"

"让我想想。我要吃云吞面。"

"附近有面店吗?"

"我要去士丹利街那一间吃。"

"去这么远?"

"我驾车去,然后再送你回家。我肚子很饿,快点起程吧!"

胡小蝶拉着翁信良出去。

在士丹利街这间狭小的云吞面店里,胡小蝶却不吃云吞面,而在吞云吐雾。

"不要抽太多烟。"翁信良劝她。

"烟是我的正餐。"胡小蝶说,"我们第一次拍拖,也是在这里吃云吞面,你记得吗?"

"是吗?"

"你忘了?男人不会记着这些小事。那时的生活虽然比不上现在,却好像比现在快乐。"

翁信良看看手表,原来已经八时三十分。

"我要走了。"

"我送你回去,你住在哪里?"

"不用了。"

"怕给女朋友看见吗?"

"不是这个意思。"

"那就让我送你回去，反正我没事做。"

胡小蝶驾车送翁信良回去，沿路高速切线，险象环生。

"不用开得这么快，我不是急成这个样子。"翁信良按着安全带说。

"你赶着回家吃饭嘛！"胡小蝶不理会他，继续高速行驶。她是故意惩罚他，谁叫他要去见别的女人。

车子终于到了，翁信良松了一口气。

"谢谢你。你开车别开得这么快。"翁信良劝她。

"你明天晚上可以陪我吃饭吗？"

翁信良犹豫。

胡小蝶露出失望的神情："算了吧。我五分钟之内可以回到家里。"

她威胁着要开快车。

翁信良点头："明天我来接你。"

胡小蝶展露笑容："拜拜，放心，我会很小心开车的。"

翁信良回到家里，沈鱼一言不发坐在饭桌前。

"我回来了！"翁信良赶快坐下来吃饭。

"你去了哪里？"

"想去买点东西，可惜买不到。"翁信良唯有编出一个谎话。

"你想买什么东西？"

"我只是逛逛。"

"你根本不想回来，对不对？"沈鱼质问他。

"你为什么无理取闹？"

"我是无理取闹，我知道我比不上缇缇！"

翁信良低着头吃饭，仿佛什么都没有听到。沈鱼很后悔，她不应该提起缇缇，缇缇是他们之间的禁忌。

第二天早上，翁信良起来上班，沈鱼已经上班了，并且为他熨好了一件外套。翁信良在外套的口袋里发现一张字条，字条上写着："我是不是很无理取闹？如果你不恼我的话，笑笑吧！"

翁信良顺手把字条放在口袋里。出门之前，他留下一张字条，告诉沈鱼他今天晚上不能回来吃饭。

坐小巴上班的时候，路上一直塞车，翁信良想起缇缇，想起她在九十米高空上挥手的姿态，也想起沈鱼，想起她与一群海豚游泳的情景。他开始怀疑，他会否跟沈鱼共度余生，男人只要一直跟一个女人一起，就是暗示他准备跟她共度余生。如果有一天，他突然提出分手，女人会认为他违背诺言，虽然他不曾承诺跟她共度余生。一个男人若不打算跟一个女人厮守终生，还是不要耽误她。想着想着的时候，已经回到诊所，很多人在等候。

翁信良下班后去接胡小蝶。胡小蝶打扮得很漂亮，她用一只夸张的假钻石蝴蝶发卡把头发束起来，又涂上淡紫色的口红，比起八年前翁信良跟她认识时，判若两人。时间不一定令女人老去，反而会为她添上艳光。

"我们去哪里吃饭？"胡小蝶问翁信良。

"你喜欢呢？"

"去浅水湾好不好？"

"浅水湾？"

"你不想去浅水湾？"

"我看见你穿得这么漂亮,以为你不会去沙滩。"

"我穿成这样,就是为了去沙滩。"胡小蝶笑说。

"你还是这么任性。"

他们在浅水湾的露天餐厅吃饭。胡小蝶从皮包里拿出一包香烟。

"咦,不是骆驼牌?"翁信良奇怪。

"你说骆驼牌太浓嘛,这一种最淡。"

"最好是不要抽烟。"

"不要管我,我已经不是你的女朋友。"胡小蝶笑着说。

翁信良很尴尬。

胡小蝶把烧了一半的香烟挤熄:"好吧,今天晚上暂时不抽。"

"抽烟对身体没有益处的。"翁信良说。

"你最失意的时候也不抽烟的?"

翁信良点点头。

"那怎么办?"

"喝酒。"

"喝酒也不见得对身体有益。"胡小蝶喝了一口白葡萄酒。

"那是我最失意的时候。"翁信良说。

胡小蝶想到是缇缇死去的时候。

"陪我跑沙滩好吗?"胡小蝶站起来。

"跑沙滩?"

"我戒烟一晚,你应该奖励我。"胡小蝶把翁信良从椅子上拉起来。

"我们第一天拍拖也是在这个沙滩。"胡小蝶躺在沙滩上,"你也躺下来。"

翁信良躺在胡小蝶旁边,没想到分手后,他们还可以一起看星。

"我二十八岁了。"胡小蝶说,"我的愿望本是在二十八岁前出嫁的。"

"我本来该在三十三岁结婚的。"翁信良说。

"我们同是天涯沦落人。"胡小蝶翻过身,望着翁信良,"你压在我身上好不好?"

翁信良不知道怎样回答,太突然了。

"不需要做些什么,我只是很怀念你压在我身上的感觉。重温这种感觉,没有对不起任何人。"

"可以吗?"胡小蝶挨在翁信良身上。

翁信良翻过身来,压在她身上,胡小蝶双手紧紧抱着他。

"你还记得这种感觉吗?"胡小蝶柔声问翁信良。

翁信良点头,吻胡小蝶的嘴唇。他们像从前那样,热情地接吻,胡小蝶把手指插进翁信良的头发里,翁信良伸手进她的衣服里,抚摸她的胸部,他听到她的哭声。

"不要这样,不要哭。"翁信良停手。

胡小蝶抱着翁信良,哭得更厉害。

"你还爱我吗?"她问翁信良。

翁信良不知道怎样回答,他爱着缇缇。

"是不是太迟了?"

"别再问我,我不知道怎样回答你,好像所有安排都是错误的。"

翁信良躺在沙滩上,缇缇在婚前死去,沈鱼是他在海洋公园碰到的第二个女人，胡小蝶在他与沈鱼一起之后再次出现，所有安排都是错误的，仿佛在跟他开玩笑。

胡小蝶把翁信良拉起来："回去吧，你家里有人等你。"

"对不起。"翁信良说。

胡小蝶用力甩掉藏在头发里的沙粒："我只想重温感觉，没有想过要把你抢回来。看，你身上都是沙，脱下外套吧。"

翁信良把外套脱下来，胡小蝶把外套倒转，让藏在口袋里的沙粒流出来。

一张字条跌在沙滩上，胡小蝶拾起来，字条上写着："我是不是很无理取闹？如果你不恼我的话，笑笑吧！"

"你女朋友写给你的？"

胡小蝶把字条放回他外套的口袋里。

"我从前也写过字条给你。"胡小蝶幽幽地回忆。

翁信良回到家里，看见厨房里有灯光，翁信良走进厨房，看见沈鱼背着他，蹲在地上，垃圾桶翻转了，她在垃圾堆中找东西。

"你在找什么？"

沈鱼回转头看见是翁信良，连忙把地上的垃圾放回垃圾桶里。

"你到底要找什么？"

"我今天早上写给你的那张字条，你是不是丢到垃圾桶里？"

翁信良从口袋里掏出那张字条："在这里。"

沈鱼笑了："原来你放在身上。"

"你干什么？你愈来愈神经质。"翁信良说。

沈鱼拥着翁信良："我以为你仍然恼我呢。"

"我想洗个澡。"

翁信良在淋浴间洗头发，他需要冷静一下，他仍然想着胡小蝶，他差一点便背叛沈鱼了。他很难说喜欢哪一个多一点，可是，既然已经跟沈鱼一起了——他抹干头发和身体，离开浴室，在睡房里用风筒把头发吹干。

沈鱼到浴室洗澡，她发现淋浴间去水位沉淀了很多沙粒。这个发现令她很不安，为什么翁信良身上会有沙粒？他刚刚从沙滩回来吗？

"你是不是去过沙滩？"

翁信良没有回应她，他正在睡房里用风筒弄干头发，听不到她说话。

沈鱼心里想："幸而他听不到。"

她把沙粒用水冲走。她很害怕听到答案，他会跟什么人去沙滩？一个男人？两个男人在沙滩上喝啤酒也不是没有可能的。

沈鱼从浴室出来，翁信良正在床上看书。沈鱼坐在翁信良身上，拨他的头发。

"为什么这么晚才洗头？"她问他。

"头发油腻嘛。"翁信良说。其实他想冲走头发上的沙粒。

沈鱼把翁信良压在床上。

"你是不是还恼我？"

"我为什么要恼你？"翁信良拉着她的手。

"你连为什么恼我都忘记了。"沈鱼失望地说。

"天！那证明我没有恼你。"

"你不是恼我提起缇缇吗？"

"没有。"

沈鱼吻他："你会爱上别人吗？我就时常害怕你会爱上另一个女人。"

翁信良抱着沈鱼，不知道说什么好。

"我是不是很没有安全感？"沈鱼问翁信良。

翁信良摇头。

"我不知道我为什么那么紧张你。"

"人本来就没有什么安全感。"

"明天我们去沙滩好吗?"

"你想去沙滩?"

"是的,很久没有去过沙滩了,你呢?"

"我也是。"翁信良说。

沈鱼有点儿愤怒,那么他身上的沙粒是从哪儿带回来的呢?

他们在浅水湾沙滩看黄昏。

"我见过海上的海豚。"沈鱼说,"去年,也是黄昏,在石澳海滩,我看见几条樽鼻海豚在海面上跳跃,虽然种类一样,它们跟公园里的海豚是不一样的。"

"它们比较自由。"翁信良说。

"不,是比较凄凉,因为没有家,就没有边界。"

翁信良的传呼机响起,是胡小蝶传呼他。

"有人传呼你?你先去复机吧。"

翁信良到沙滩小食亭里借用电话,电话响了几下,胡小蝶接听,她在电话里哭泣。

"小蝶,你没事吧?"翁信良关切地问她。

"你在哪里?"

"我和朋友一起。"翁信良说,"到底有什么事?"

"我想见你……"胡小蝶在电话里那边哀求。

"对不起,我现在走不开。"翁信良无可奈何地说。

"那么我们以后也不要见面。"胡小蝶把电话挂断。

"是谁找你?"沈鱼问翁信良。

"急症。"翁信良胡扯。

"什么急症?"

"一只芝娃娃狗,肠胃炎,泻得很厉害,全身痉挛,我要回诊所替它诊症。"翁信良说。

"我陪你一起回去。"

"不,你陪我便看不到戏。你忘了我们买了电影戏票吗?"

"我一个人看也没有意思。"

"我很快回来的,你把戏票给我,我自己进戏院好不好?"

"那好吧。"沈鱼没办法,虽然有点怀疑,但必须相信他。翁信良送沈鱼上出租车。

"你入场前买爆玉米,我们一起吃。"沈鱼跟翁信良说。

"好的。"

翁信良匆忙赶到胡小蝶家里,不停地按门铃,他真怕她出事,胡小蝶开门,拥抱着他。

"我以为你不理我。"胡小蝶凄楚地说。其实她知道他会来的,他是个很心软的男人。

"到底发生什么事?"

茶几上有半瓶红酒。

"我们是不是已经太迟了?"胡小蝶含泪问翁信良。

"你要我怎样回答你?"

"你这样已经回答了我。"

她坐在沙发上,点了一根骆驼牌香烟。

"你又抽这种烟?"翁信良怪她。

"我想快点死。"胡小蝶赌气地说。

"别说这样的话,上天会惩戒你的,他不会让你在失恋时死掉,他会让你在充满希望的时候突然死掉。"翁信良冷笑。

"充满希望地死掉最少可以成为你的新娘子。"胡小蝶凝望翁信良。

翁信良觉得身子很软,软得失去理智。他拿走胡小蝶唇边的香烟,挤熄在烟灰碟里。他轻柔地替她拨好头发,抹去脸上的泪水,她捉着他的手,让自己半张脸躺在他手里,然后站起来,凝望着他。翁信良吻她,她抱着翁信良,把他压在沙发上。

沈鱼在看一出西班牙爱情电影,男女主角在床上缠绵,这个男人在每一个女人的床上都说爱她。翁信良还没有回来。

翁信良赶到戏院，幸而这套电影片长三小时。

"差不多完场了。"沈鱼说。

"爆玉米呢？"她看到他两手空空。

"爆玉米？"翁信良茫然。

沈鱼知道他忘了，他匆匆送她上出租车的时候，牵挂着另一些事情，或者另一个人。

"我现在出去买。"翁信良站起来。

沈鱼把他拉下来："不用了。"

他们沉默地把电影看完，翁信良在黑暗中忏悔，如果他不去见胡小蝶，便什么事情也不会发生。他从来没有试过像今天晚上这么惊险和混乱。

电影院的灯光亮了，沈鱼坐在椅上没有起来。翁信良正想开口跟她说话，她便站起来，他唯有把说话收回。女人的感觉是很厉害的，翁信良有些胆怯。

"那只芝娃娃怎么样？"沈鱼问他。

"没事了。"翁信良答得步步为营。

"你是不是有另一个女人？"沈鱼语带轻松地问他，她是笑着的。

"别傻！"翁信良安慰她。

沈鱼的笑脸上流下眼泪："真的没有？"

翁信良说:"没有。"

沈鱼拥着翁信良:"你不要骗我,你骗我,我会很难过的。"

翁信良内疚得很痛恨自己,是他自己亲手搞了一个烂摊子出来,却又没有承认的勇气。

胡小蝶在翁信良走后洗了一个澡,她幸福地在镜前端详自己的身体。她没有什么可以失去,因为她本来就跟他睡过。现在好男人只余下很少,她一定要把他抢回来。上天一定会怜悯她,那个飞机师是个坏男人,他对她很坏,坏到她不好意思说他的坏,所以她告诉翁信良,是她忍受不了那个飞机师太爱她。她说了一个刚刚相反的故事,她不想承认她当天选择错误。她当天狠心地离开翁信良,她怎能告诉他,她回到他身边是因为她后悔?今天晚上,翁信良终于又回到她身边了,男人都是软弱可怜的动物,他们都受不住诱惑。胡小蝶不认为自己是第三者,翁信良和沈鱼之间如果是如鱼得水,她是绝不可能介入的。

沈鱼伏在翁信良的胸膛上睡着了,她睡得很甜,翁信良望着她,怎忍心开口告诉她真相呢?他也不知道下一步怎样做,他从来没有试过同时爱两个女人。爱是一个很沉重的负担。

这一天休假,翁信良送沈鱼上班,他在阔别多月之后,再次重临公园,再一次经过跳水台,缇缇一定责怪他那样花心。

沈鱼换上潜水衣,将小池里的海豚赶到大池里,让它们在那里跳跃翻腾。她尝试命令它们做一些动作,好让它们在正式开场前作好准备。

翁信良逗翠丝和力克玩耍,他已经很久没有见过它们了。

"翠丝和力克仍然是一对。"沈鱼说,"海豚是懂得爱情的。"

"也许是吧!"翁信良说。

"我不希望它们懂得爱情。"沈鱼说。

"为什么?"

"懂得爱情就会很容易老呀。"沈鱼跟力克接吻。

"差不多开场了,你回去吧。"沈鱼跟翁信良说。

翁信良跟翠丝来个飞吻,跟沈鱼说:"我回去了。"

翁信良离开表演池,踏上剧场的梯级。沈鱼站在表演台上目送他离开,他离她愈来愈远。翁信良回头向她挥手,沈鱼用一声很长很长的哨子声向他道别。她想,她会一直爱着他这个男人,直至这一口气完了。

翁信良回到家里,一直躺在床上,他想,如果可以一直躺下去就好了。他实在不知道怎样能解决这个问题。咕咕跳到床上，睡在他身旁，翁信良搂着咕咕，把它的脸压在床上，它竟然不反抗。

黄昏，沈鱼回到家里，翁信良与咕咕相拥睡在床上，沈鱼轻轻靠近他，翁信良的传呼机突然响起，他整个人从床上跳起来，把沈鱼吓了一跳。

"你回来了？"他尴尬地问沈鱼。

"是的，谁找你？"

翁信良看看传呼机，原来是马乐，他松了一口气，刚才他以为是胡小蝶。

"是马乐。"翁信良说。

"你吓得冒了一身冷汗。"沈鱼说。

"我给传呼机的响声吓了一跳。"翁信良解释，"我复电话给马乐。"

沈鱼抱着咕咕睡在床上，她觉得翁信良有些事情瞒着她。

"马乐想找我们吃饭。"翁信良说。

"好呀，我很久没有见过马乐了。"

马乐依然是一个人，悠悠闲闲在餐厅里等待，翁信良和沈鱼手牵着手一同出现。

"为什么临时才找我们吃饭？"沈鱼问他，"有人临时爽约？"

马乐苦笑："你猜对了，本来约了一位女孩子，她临时说不来，也许她找到更好的陪吃饭的人选吧。"

"是什么女孩子？"翁信良问。

"是朋友的妹妹，样子蛮漂亮的，二十岁。"

"二十岁？比你年轻十四岁，你真是老了，开始喜欢少女。"翁信良取笑他。

马乐不服气："男人就有这个好处，三十四岁还可以追二十岁，甚至十八岁。"

"如果是的话，今天晚上就不会给人家甩掉了。"翁信良还击。

"尽管攻击我吧！"马乐说，"你本事，你和沈鱼双双对对。你两个什么时候结婚？"

翁信良的笑容突然变得很惆怅。沈鱼低着头，不知说什么好。

马乐觉得自己的问题好像问错了。

"你连女朋友都没有，我们怎么敢结婚？怕刺激你呀。"沈鱼开口说。

翁信良很内疚，他知道沈鱼在为他打圆场。

"我想吃甜品，芒果糯米、西米糕、黑糯米、埞多冰、嚷嚛喳咋。"沈鱼说。

"你吃那么多甜品？"马乐愕然。

"是的，我想吃。"沈鱼说。

翁信良没有忘记沈鱼在情绪低落时吃甜品的习惯。

马乐眼看沈鱼一个人吃下五碟甜品，也吓了一跳，"你真能吃。"

"这里的甜品好吃嘛。"沈鱼说。

翁信良一直默不作声。

"我去洗手间。"沈鱼往洗手间。

"你们搞什么鬼？"马乐问翁信良。

翁信良不知道从何说起。

"你是不是一脚踏两船？"马乐问翁信良。

翁信良没有回答。

"你跟胡小蝶爱火重燃？"

"我很烦，你别再说了。"

"沈鱼已经知道了？"

"不知道,她根本不知道胡小蝶的存在。"翁信良顿了一顿,"但，她可能感觉到有第三者出现。"

"你答应过我会好好对沈鱼的,现在你打算怎样？"马乐质问翁信良。

翁信良火了："你不要逼我好不好？"

两个人之间变得一片死寂。沈鱼从洗手间出来，发现翁信良和马乐互相回避对方的目光。

"伙计，结账。"马乐先开口。

翁信良拿出信用卡说："我付账。"

侍应把账单递给马乐。

马乐连忙抢过账单："我付账。"

翁信良心有不甘，强行把信用卡塞到侍应的手上："不要收他的钱。"

马乐把一张千元大钞塞给侍应，将翁信良的信用卡扔在桌上:"我说好由我付账的。"

马乐用力太重,信用卡掉在地上,翁信良大怒,推了马乐一把:"我付账。"

"你们不要争!"沈鱼尴尬地喝止。

终于由翁信良付账。马乐坐在椅上,狠狠地盯住翁信良,翁信良也狠狠地盯住马乐,他们似乎在精神上扭打了一顿。马乐恨翁信良对不起沈鱼,翁信良妒忌马乐喜欢沈鱼,他们终于正面交锋。

餐厅外,沈鱼站在翁信良和马乐中间,两个男人不肯瞧对方一眼。一辆计程车停下,司机等了三十秒,没有一个人主动上车。司机正想开车,马乐一边冲上车一边说:"再见。"

马乐走了,剩下沈鱼和翁信良。

"你们是不是吵架?"沈鱼问翁信良。

"没有。"翁信良走在前头。沈鱼默默地跟在后面。

电影院外挤满等看午夜场的人。

"要不要看电影?"翁信良问沈鱼。

沈鱼摇头。

"你等我一会儿。"翁信良跑上电影院。

五分钟后,他手上捧着一包爆玉米从电影院出来:"你的爆玉米。"

沈鱼没想到他仍然记得为她买一包爆玉米,虽然迟了两天,总好过忘记。

"要不要吃?"翁信良把一粒爆玉米放到沈鱼口里。

"不看电影却买这个。"沈鱼笑他。

他们坐在海边吃爆玉米。

"我们很久没有这样了。"沈鱼说。

"我们两天前才去过海滩。"翁信良说。

"但你中途离开。"

"我们一起多久了?"翁信良问沈鱼。

"不知道,有没有一年?"

"你不知道?我以为女人一定会比男人清楚,她们能计算出两个人一起的时分秒。"翁信良说。

"我从来不计算日子的。"沈鱼说,"我害怕会有终结的一天。一直都模模糊糊、大大概概的话,即使分开,也不用总结长度。爱情的长度不是用时日计算的,如果结局是分手,一起多久是毫无意义的。"

"你是一个很聪明的女孩子。"

"不。"沈鱼摇头,"我觉得自己愈来愈蠢。"

"只有聪明的女孩子才会说自己蠢。"

"不,聪明的女孩子最痛苦的事情是意识到自己蠢。当你爱上一个男人,你会突然变得很蠢。"沈鱼苦笑。

"你可以号召海豚跳舞,谁及得上你聪明?"翁信良笑说。

"那么,你有没有事情瞒着我?"沈鱼突然问翁信良。

"没有。"翁信良不得不这样回答。

"你看,我并不聪明,我以为你有事情瞒着我。"沈鱼说。

"我瞒得过你吗?"

"譬如你跟马乐的事情——"

"不要说了。"

沈鱼耸耸肩："爆玉米吃完了。"

"要不要再吃？"

"好的东西不需要太多。"沈鱼牵着翁信良的手，"我一直很想做一件事。"

"什么事？"

"像翠丝和力克那样。"沈鱼说。

"翠丝和力克？"翁信良不大明白。

"它们在水里交配。"

"它们是海豚，当然是在水里交配。"

"我也想在水里。"沈鱼凝望翁信良，她用眼神挑逗他。

翁信良看看周遭，很多人在海边谈天："你不是说在这里吧？"

"这里不行，这里没有海豚伴着我们，我心目中的场面是要有一群海豚在旁边的。"

"没可能。"

"有可能的。"沈鱼说，"我们回去海洋公园。"

"你别任性。"翁信良制止她。

"怕什么，海豚又不会告诉任何人，我们也一起看过它们做爱，让它们看一次也很公平。"

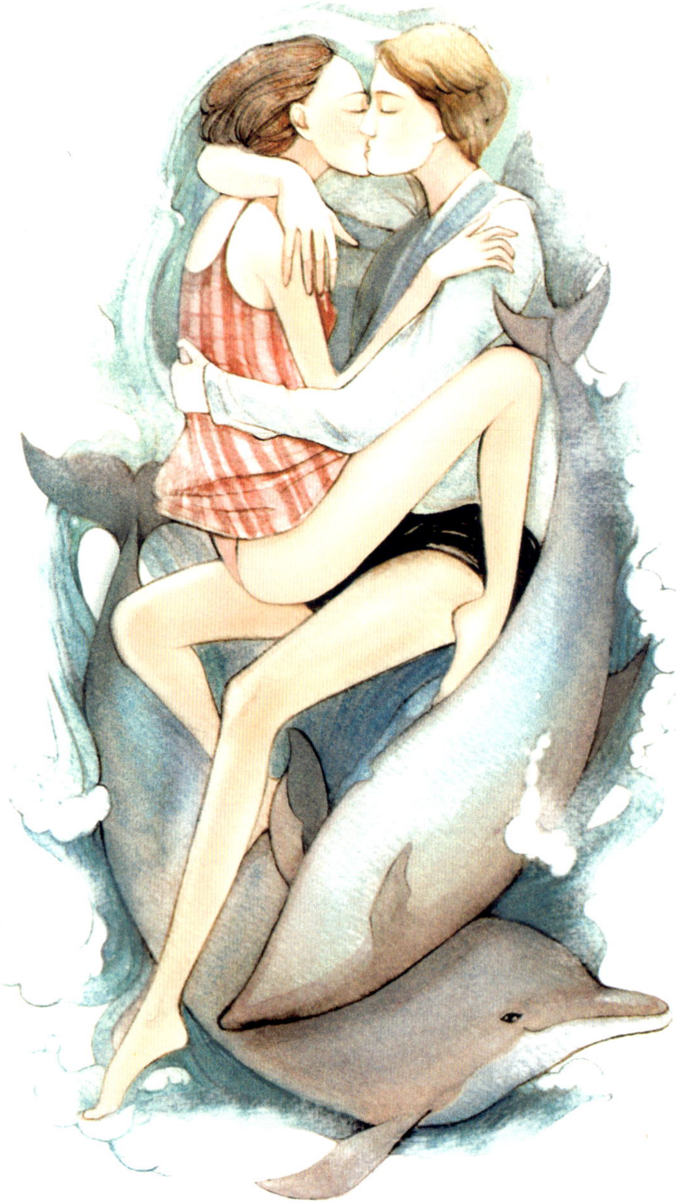

"不，不要。"翁信良害怕给别人碰到。

"你是男人来的，怕什么？"

沈鱼和翁信良回到海洋公园，沈鱼跟警卫说，她有一些很重要的东西遗留在办公室。

海豚和杀人鲸都在睡觉，它们听到微弱的人声，纷纷醒来，力克看到沈鱼，首先跳上水面，接着翠丝也跃上水面。沈鱼脱光衣服，跳到训练池里，除了翠丝和力克，还有几条海豚。沈鱼骑在力克身上，力克背着她潜到水底，又飞跃到水面。

"哇！你看到没有？"沈鱼紧紧搂着力克，"它竟然背着我翻腾，我从来没有教过它做这个动作，它怎么会做这个动作的？"

力克知道自己被称赞，得意洋洋地在水面不停摆动身体。

"快下来！"沈鱼叫翁信良。

翁信良脱掉衣服鞋袜，跃到水里，翠丝立即游到他身边，不断发出叫声。

"它好像也想你骑在它身上。"沈鱼说。

翠丝不断向翁信良摇尾。翁信良尝试骑在它身上，翠丝潜到水底，陡地背着翁信良飞跃。

"哇！"沈鱼尖叫，"原来她要学力克。"

翁信良从翠丝身上跳下来，抱着沈鱼，深深地吻她。

"你会记住这一夜吗?"沈鱼问他。

翁信良抱着沈鱼,双双潜到水里,像海豚在水里进行交配。翠丝和力克在水面翻腾,为人类的爱欲喝彩。沈鱼一直梦想跟自己所爱的人在水里做爱,并有海豚见证,这一个场面终于发生了。因为在水里,好像并不真实,她要冒出水面,看清楚翁信良,触摸到他的脸颊,才相信这一切是真的。

"你有没有跟别的男人做过这件事?"翁信良躺在水面歇息。

沈鱼抱着翠丝,快乐地摇头:"我的梦想只留给最爱的人。"

翁信良打了一个喷嚏。

"你着凉了。"沈鱼说。

"希望我们不会患上肺炎。"翁信良站在水里说。

"你还没有回答我,你会记住这一晚吗?"沈鱼抱着翁信良。

翁信良点头,连续打了两个喷嚏。

"你真的着凉了。"沈鱼说。

"我可能会是第一个因做爱而死于肺炎的男人。"翁信良说。

沈鱼跳到他身上说:"你不要死。我最好的朋友已经死了,你不能死,我不能再忍受一次死别。如果用死亡将我们分开,我宁愿选择生离，至少你还活着。"

"如果我死了，你也许会永远记着我。"翁信良说。

"就像你永远记着缇缇那样？"

"没办法，死亡是很霸道的。"

"你是医生，不歌颂生命，却歌颂死亡，我要将你人道毁灭。"沈鱼捏着翁信良的脖子，"我知道有一天你会不爱我。"

翁信良捉住沈鱼的手："别胡说。"

"我没有留住你的本事。"

"留住一个人不是凭本事的。"翁信良说。他觉得他就不是一个本事的男人，他留不住胡小蝶，也留不住缇缇，也许留不住沈鱼。

"是爱情选择了我们，而不是我们选择了爱情。"沈鱼闭上眼睛说。

翁信良在诊所里为一只导盲犬治疗白内障。这头导盲犬已经十二岁，机能开始衰退。它失明的女主人说，很害怕它会死。

"它已经不能充当导盲犬的工作，它也需要一只导盲犬。"翁信良说。

"它是不是会盲？"失明女主人问翁信良。

翁信良觉得整件事悲哀得有点可笑。导盲犬的主人患有视力萎缩症，她的左眼失明，右眼视力多年来一直萎缩，快要盲了，她大抵想不到导盲犬会比她先盲。

"以后由我来做它的盲人竹吧。"女主人和失明的导盲犬双双离开诊所。

朱宁泪眼汪汪。

"你哭什么？"翁信良问她。

"你不觉得他们很可怜吗？"

"人可怜还是狗可怜？"

"人本来就盲，当然是狗可怜。"

翁信良不禁失笑。这个时候他的传呼机响起，是胡小蝶找他。胡小蝶终于出现了。翁信良必须面对现实。

翁信良和胡小蝶在北角一间酒店的咖啡室见面。

"不好意思，这几天没有找你。"翁信良说。

"我这几天不在香港。"胡小蝶轻松地说。

"你……你怎么样？"翁信良牛头不对马嘴地说。

"要怪只怪我们重逢的时间太坏。"胡小蝶点了一根烟，"你真的很爱她？"

"我和她已经生活在一起。"

"你这个人，从来不会抛弃女人。"胡小蝶说。

翁信良苦笑,这个女人的确了解他。

"我们可以继续来往吗?"胡小蝶问翁信良,"我意思是在大家都想的时候,仍然可以上床。"

"你可以找到一个好男人的,何必把时间花在我身上?这样对你不公平。"翁信良黯然。

"因为你不爱我。"胡小蝶咬着牙说。

"我不是。"翁信良冲口而出。

"算了吧!"胡小蝶扬扬手,"送我回去可以吗?"

翁信良送胡小蝶到门口:"再见。"

"你为什么不进来,你怕做错事?"胡小蝶笑着问他。

翁信良正想开腔,胡小蝶说:"再见。"然后关上大门,她要比他先说不。过去的几天,她没有离开香港。

翁信良碰了一鼻子灰,站在门外。胡小蝶刚才不过故作轻松,他怎会不知道?她从来就不是一个洒脱的女人。翁信良常常觉得自己负她,他是她第一个男人。但,他始终要负一个女人,唯有采取先到先得的方法。他想起今天来看病的那只快将失明的导盲犬,觉得自己有点像它,已经失去辨别前路的能力,只会横冲直撞。

沈鱼与马乐在咖啡室见面,她很关心他和翁信良之间的事。她当然不希望翁信良知道她插手。

"你们两个搞什么鬼?"沈鱼问马乐。

马乐耸耸肩:"我和他?没事呀。"

沈鱼没好气:"果然是好朋友,说的话一样。你们真的没事?"

"没事。"马乐说,"翁信良真幸福,有一个这样关心他的女朋友。"

"我也关心你。"沈鱼说。

马乐苦笑。

"什么时候跟翁信良结婚?"

"这个问题很老套。"沈鱼笑说。

"首先用婚姻霸占一个男人,然后用爱情留住他。"马乐这样说,是怕翁信良会回到胡小蝶身边,他不能说真话,只好叫她早点结婚。

"你的论调真怪,不是先有爱,然后有婚姻吗?"

"有爱情未必有婚姻。"马乐说,"很多时都是功亏一篑。"

"功亏一篑?"沈鱼反复思量马乐这句话,他会不会向她暗示一些什么?

"没什么意思的。"马乐急忙解释,"我只是希望见到你们结婚。"

沈鱼失笑:"你会在我们的婚礼上演奏吗?"

马乐点头。

他们一起离开咖啡室,今夜天气很好。

"快点找个女人吧!我不想看见你老是那么孤单。"

"不是我不想,女孩子都看不上我。"马乐苦笑。

"不是看不上你,是你太好了。"

"如果我那么好,就不会形单影只。"

"太好的男人,女人不敢要。"沈鱼说。

"我知道我没有性格。"马乐笑说。

"我不是这个意思,像你这么好的男人。女人会到最后才选择你。"沈鱼说。

"那我会耐心等待。"

"有车。"沈鱼伸手截停一辆出租车。

"要不要我送你回去?"

"不用了,再见。"沈鱼说。

沈鱼在出租车上又想起马乐那一句"功亏一篑",即使他没有任何含意,他的说话,对她是一种启示。如果她要得到翁信良,便得用婚姻留住他。这是沈鱼第一次想到结婚。

翁信良在浴室里替咕咕沈澡。

"你回来了？"

"我上星期才替它洗过澡。"

"是吗？它很肮脏。"翁信良说，"其实是我没事可做。"

沈鱼替咕咕擦背，咕咕伏在浴缸里，十分享受。

"回家时看到你在，原来是一种很幸福的感觉。"沈鱼跟翁信良说。

翁信良把肥皂泡沫揩在沈鱼的脸上："傻女。"

"我想天天回家都看到你。"沈鱼说。

"现在不是吗？"翁信良反问。

"我们结婚好不好？"沈鱼忽然有勇气提出。

翁信良有点愕然，拿着花洒的右手一时之间不知道往哪里放，只好不断向咕咕的脸射水。他知道沈鱼在等待他的答案。

"我们现在不是很好吗？"

"算了吧，当我没有说过。"沈鱼觉得很难堪，看来这个男人并不打算跟她结婚。

翁信良拉住沈鱼："为什么一定要结婚？"

"我不过想知道你爱不爱我，我现在知道了。"沈鱼咬着牙说。

"这跟结婚有什么关系？"

"我未必想结婚，我只是想听听你的答案。"沈鱼甩开翁信良的手。

沈鱼躺在床上，不断为翁信良找借口辩护，男人都害怕结婚，他可能也害怕吧。不，他不是曾经想过跟缇缇结婚吗？他不是害怕结婚，而是不想跟她结婚。翁信良躺在她身边，他正在熟睡，她痛恨他，他愿意和缇缇结婚，却不愿和她结婚。不，他可能是真的害怕结婚的，因为缇缇在结婚前死去，他不想再有一个他所爱的人在跟他结婚前死去。沈鱼看着睡在她旁边的翁信良，他不是不想跟她结婚，他是害怕她会死。沈鱼温柔地抚摸他的脸，他是个受惊的男人。翁信良被沈鱼弄醒，睁眼看着她，沈鱼压在翁信良身上。

"我不是想迫你结婚。"沈鱼对翁信良说，"我不知道自己想怎样，其实我也不过说说罢了。"

翁信良抱着沈鱼，他不知道她为什么改变主意。他害怕结婚，莫名其妙地害怕结婚，缇缇便是在跟他结婚前死去。他常常想，如果不是为了要跟他结婚，缇缇可能不会死。缇缇是唯一一个他想跟她结婚的女人。当沈鱼提出结婚，他想起缇缇，想起怀着幸福死去的缇缇。

翁信良早上回到诊所，一直想着结婚的事，沈鱼为什么突然想结婚呢？沈鱼从来不像一个需要结婚的女人。翁信良突然觉得爱情是一件很恼人的事。

今天，有一头阿富汗雌犬来接受结扎手术，它那位富态的女主人在一旁喋喋不休："做了结扎手术，是不是一定不会怀孕？"

"机会很微。"翁信良说。

"什么叫机会很微？"

"扎了输卵管的女人也有可能怀孕，我只可以告诉你它怀孕的机会很微。"

"左邻右里的狗都对它虎视眈眈呢，我不想它生下一胎杂种狗，它就是有点水性杨花。"富态女主人颇为动气。

"哪有守身如玉的狗？"翁信良说。

富态女主人一时语塞。

"她要留在这里一晚观察。"翁信良说。

富态女主人走了，她身上挂的饰物在她走起路来时所发出的声响比这头阿富汗狗脖子上的铃铛还要响亮。翁信良把阿富汗狗放进铁笼里，他蹲下来，跟它对望，它疲惫地伏在笼里，它生育的权利被剥夺了，在无声抗议。

翁信良想，如果狗有爱情，它会比现在更疲惫。

翁信良吃过朱宁替他买的三文治，下午的工作很轻松，只有一只患了皮肤病的魔天使由主人带来求诊。

就在这时候，胡小蝶抱着叮当跑进来。

"你快看看叮当。"胡小蝶对翁信良说。

"什么事？"翁信良连忙替叮当检查。

"她这几天一直没有小便，今天早上小便有血，到了下午，动也不动。"

"你现在才带它来！"翁信良责备她，凭他的经验，叮当的生命可能保不住，"我要替它照X光。"

X光片出来了，叮当的膀胱附近有一个瘤。

"它患了膀胱癌。"翁信良说。

"吔？"胡小蝶吃了一惊，她以为只有人才会患膀胱癌，"那怎么办？"

"我要将它人道毁灭。"翁信良难过地扫着叮当身上的毛，叮当衰弱地伏在手术桌上。

"不可以。"胡小蝶哭着说，"不要杀死它。"

"它现在生不如死。"

"不要。"胡小蝶抱起叮当，"我带它去看别的医生，或者有人可以救它。"

"你不信我吗？"

"它陪我度过最灰暗的日子，我不舍得它死。"

翁信良心软，跟胡小蝶说："这样吧，把它留在这里一晚，如果它可以挨过今天晚上,我便暂时放弃将它人道毁灭。"

胡小蝶含泪点头。翁信良将叮当放在一个藤篮内,他不想将它关在笼里,在它离开人世之前,它应该享受一下自由,况且现在它也无法到处走了。胡小蝶站在藤篮前,低声呼唤叮当的名字,从前它听到别人呼唤它的名字,总是轻轻摇动两下尾巴,现在它连这个动作都做不来。

沈鱼下班后突然想起很久没有接翁信良下班了,也很久没有见过朱宁,自从对朱宁没有戒心,认为她不会爱上翁信良之后,她便没有找她。沈鱼买了一盒西饼,准备拿去给翁信良和朱宁。

胡小蝶从皮包里拿出一包骆驼牌香烟,点了一根,深深地吸了一口。

"你不是换了牌子吗?"翁信良问她。

"哦,改不了。"

"你回去休息吧。"翁信良说,"今天晚上我会陪着它,回去洗个脸吧。"

"让我先抽完这根烟。"

沈鱼拿着西饼来到诊所。

沈鱼进来了,诊所里有三对眼睛同时望着她,包括朱宁、翁信良和胡小蝶。沈鱼认出胡小蝶来,她是那天晚上在急症室里的黑衣女子,她们在狭小的洗手间里擦身而过,那时她正在抽骆驼牌香烟,因为她长得漂亮,所以沈鱼对她印象深刻。本来在翁信良诊所碰到她也不是什么大不了的事情,她可能刚好又有一头宠物吧,但翁信良的眼神实在令人怀疑,不知道是由于对沈鱼突然到来感到愕然,还是为另外一个原因,总之他的神态很不自然。

"沈小姐。"朱宁首先叫她。

"我买了西饼给你们。"沈鱼生硬地回答。

"你先回去,明天再来看看它的情况吧,胡小姐。"翁信良跟胡小蝶说。

胡小蝶狠狠地望住翁信良,他在这个女人面前,竟然跟她划清界限,称呼她做胡小姐。

"什么事?"沈鱼问翁信良。

"我的波斯猫快要死了。"胡小蝶不等翁信良开口,自己跟沈鱼说话。

沈鱼看见一头衰弱的灰白色毛波斯猫伏在藤篮里,它看来真是快要死了。

沈鱼上前,伸手去抚摸它:"它真的要死吗?"

"是的。"胡小蝶说,"是一个要好的朋友把它送给我的。"

沈鱼说:"你朋友呢?"

"他死了。"胡小蝶狠狠地盯住翁信良。

翁信良站在那里，毫无反击之力。

"死了？"沈鱼诧异。

"是呀！是患梅毒死的。"胡小蝶说。

沈鱼回头望着胡小蝶，难以相信她这么随便将一个朋友的死因告诉她。

"翁医生，我明天再来看它。"胡小蝶把烟蒂挤熄在一个随身携带的烟灰碟里。

"诊金多少？"胡小蝶问朱宁。

"明天再算吧。"翁信良说。

"再见。"胡小蝶跟沈鱼说。

沈鱼抱起虚弱的叮当，难过地说："它真的快要死了？"

"是啊，它患了膀胱癌。"朱宁哽咽，"它从前好几次来看病还是很好的。"

沈鱼把叮当放到藤篮里，朱宁说"从前好几次……"这只猫的女主人并不是头一次在诊所出现，翁信良早就见过她了，但为何那天晚上在急症室里，他们好像不认识对方？

"她抽骆驼牌香烟是吧？"沈鱼问翁信良。

"好像是的。"翁信良用针筒抽出止痛剂。

"我以为很少女人会抽这么浓的烟。"

翁信良替叮当注射止痛剂。

"是什么药?"沈鱼问。

"替它减轻痛苦的药。"翁信良说。

"她是不是就是那个抽骆驼牌的彼得?"沈鱼问翁信良。

翁信良将针管从叮当身上抽出来,丢到垃圾桶里。

"你说到哪里去了。"翁信良收拾桌面上的药物。

"我胡扯罢了。"

"沈小姐,西饼很好吃。"朱宁用舌头去舔西饼上的奶油。

沈鱼难过得想吐。

"我今天晚上要留在这里观察它的情况。"翁信良低头说。他实在不知道怎样面对沈鱼,他觉得自己已经差不多被揭穿了。

"那我先回去了。"

沈鱼冲出诊所,跑了一大段路,直至没法再跑下去才停下来,她忍不住吐了。一切好像在玩一个将有关系的事物联结在一起的游戏——抽骆驼牌从不现身的彼得、抽骆驼牌的女人、急症室的女子、诊所里充满恨意的女人、多个月来心神不属的翁信良,还有垂死的猫。这个游戏意味着第三者已经出现。

Chapter
IV

海豚的搁浅

翁信良从抽屉里拿出一个公文袋，公文袋里面的东西，是认识缇缇和沈鱼以前的一些私人物品，不方便放在家里。翁信良抽出一张照片，是胡小蝶抱着叮当在他家里拍的照片。那时的胡小蝶和叮当都比现在年轻和开朗。叮当已经十四岁，这么老了，难逃一死。

叮当在藤篮里发出微弱的呻吟声，看来止痛剂的效用已经消失了。翁信良拿出一瓶吗啡，替叮当注射。

晚上十时三十分，翁信良仍然在重复翻看以前的照片和信件。电话响起，是胡小蝶。

"你还没有走？"

"我今天晚上不走。"翁信良说。

"我可以来看看叮当吗？"

"可以。"

二十分钟后，胡小蝶来到诊所。

"它怎么了？"胡小蝶凑近叮当。

"它在睡。"翁信良说，"我替它注射了吗啡。"

"你将它人道毁灭吧。"胡小蝶冷静地说。

"你改变主意了？"翁信良有点意外。

"它没有必要为了我们生存下去，"胡小蝶哽咽，"是你把它送给我，所以我舍不得让它死，宁愿它痛苦地生存，我太自私，没有必要要三个人和一只猫和我一起痛苦，请你杀了它吧！"胡小蝶号哭。

"你别这样。"翁信良安慰她。

胡小蝶抱着翁信良。

"不要哭。"翁信良难过地说。

"不要离开我。"胡小蝶说。

沈鱼泡在浴缸里已经一个小时，只要回到水里，她的痛楚便可以暂时减轻，水是她的镇痛剂。她不断在玩那个将有关联的事物联结在一起的游戏，她愈来愈肯定抽骆驼牌的彼得是虚构的。那个姓胡的女人长得像缇缇，所以翁信良迷上了她。

尽管她多么努力，翁信良还是忘不了缇缇。沈鱼裸着身子从浴缸走出来，穿过大厅，走到睡房，身子的水一直淌到地上，好像身体也在哭泣。她拿起电话筒，毫不犹豫地拨了一个号码，响了三下，对方来接电话。

"喂——"是翁信良的声音。

沈鱼立即放下电话。

她本来想问翁信良："你什么时候回来？"拨号码的时候毫不迟疑，听到他的声音，却失去了勇气。

"是谁？"胡小蝶问翁信良。

"不知道。"

"两点多了。"胡小蝶疲倦地挨在翁信良身上睡着了。

睡梦中，她被叮当凄厉的呻吟声吵醒，看到它的样子痛苦得叫人目不忍睹。

"到外面等我。"翁信良跟胡小蝶说。

胡小蝶知道这是她跟叮当诀别的时刻了，她抱起它，深深地吻了它一下，泪水沾湿了它的脸。

翁信良在叮当的屁股上打了一针，温柔地抚摸它的身体，它的身体冰冷，他给它人世最后的温暖，它终于安详地睡了。这是他养了五年的猫。

翁信良走出诊症室，跟胡小蝶说："我送你回去。"

"叮当的尸体怎么办？"胡小蝶哭着问他。

"诊所开门之后会有人处理。"

翁信良陪胡小蝶回家，胡小蝶双眼都哭肿了，疲累地躺在床上。

翁信良一直坐在床边。

"你不要走。"胡小蝶说。

翁信良站起来。

"你要去哪里?"胡小蝶紧紧地拉着他的手。

"我去倒杯水。"

胡小蝶微笑点头。

翁信良到厨房喝水,诊所里那个电话该是沈鱼打来的吧?像她那么聪明的女人,应该已经猜出是怎么一回事了。他实在无法回去面对她,但逃避她似乎又太无情。

天已经亮起来,今夜没有一个人睡得好。翁信良走进睡房。胡小蝶抱着一个枕头睡着了,睡得像个孩子,她真正缺乏安全感。翁信良为她盖好被才离开。

沈鱼裸着身体躺在床上,她没有睡着,连衣服都不想穿,翁信良头一次彻夜不归,她很渴望他回来,又害怕他回来会跟她摊牌,她害怕自己会发狂。沈鱼听到有人用钥匙开门进来的声音,应该是翁信良,她立即用被子盖着身体,故意露出半个乳房,并且换上一个诱人的睡姿,希望用身体留住这个男人。她已经没有其他办法。

翁信良经过浴室，咕咕正在舐浴缸里的水，翁信良阻止它，并把浴缸里的水放了。浴室的地上湿漉漉，从大厅到睡房，也有一条湿漉漉的路，翁信良走进睡房，沈鱼正在以一个诱人的姿势睡觉。

翁信良走到床边，看到露出半个乳房的沈鱼，为她盖好被。他自己脱掉鞋子，躺在床上，实在疲倦得连眼睛也睁不开。沈鱼偷偷啜泣，他对她的裸体竟然毫不冲动，完了，完了。

"那只波斯猫怎么样？"

"人道毁灭了。"翁信良说。

"它的主人一定很伤心。"沈鱼说。

"睡吧。"翁信良说。

沈鱼怎能安睡呢？这个男人很明显已经背叛了她。

早上七时三十分,沈鱼换好衣服上班。

翁信良睁开眼睛。

"你再睡一会儿吧,还早。"沈鱼说。

"哦。"

"你是不是那个患上梅毒死了的猫的主人?"沈鱼笑着问他。

翁信良不知道怎样回答。

"我随便问问而已。"沈鱼笑着离开。

翁信良倒像个被击败的男人,蜷缩在床上。

沈鱼在电梯里泪如雨下,她猜对了,那只波斯猫是翁信良送给那位胡小姐的,她不知道他什么时候送的,总之是他送的。女人的感觉很敏锐,当姓胡的女人说猫的主人患梅毒死了,她的眼神和语气都充满怨恨,似乎故意在戏弄一个人。

沈鱼在电话亭拨了一个电话到办公室表示她今天不能上班。

"我病了。"她跟主管说。

"什么病?"

"好像是梅毒。"她冷冷地告诉对方。

沈鱼为自己的恶作剧感到高兴。她走进一间西餐厅,叫了一杯雪糕新地。

"这么早便吃雪糕？"女侍应惊讶地问她。

雪糕端上来了，她疯狂地吃了几口，心里却酸得想哭。她拨了一个电话给马乐，他不在家，她传呼他，留下餐厅的电话。

"再来一客香蕉船。"沈鱼吩咐女侍应。

沈鱼吃完一客香蕉船，马乐还没有复电话。沈鱼结了账，走出餐厅。

"小姐！"刚才那位女侍应追到餐厅外面找她，"你的电话。"

马乐的电话好像黑暗里的一线曙光，沈鱼飞奔到餐厅里接他的电话。

"喂，沈鱼，是不是你找我？"马乐那边厢很吵。

"你在什么地方？"

"我在街上打电话给你，刚才在车上，你不用上班吗？有什么事？"

"没……没什么，你不用上班吗？"

"我正要回去练习。"

"那没事了。"沈鱼沮丧地说。

"你来演奏厅找我好吗？只是练习，可以跟你谈一下的。"马乐说。

"我看看怎么样。"沈鱼挂线。

沈鱼走出餐厅,截了一辆出租车,来到翁信良诊所对面的公园里。她坐在花圃旁边,诊所还没有开门。

九时整,朱宁出现,负责开门,已经有人带着宠物来等候。九时十分,翁信良回来了,他看来很疲倦。沈鱼一直坐在公园里,望着诊所里的一举一动。

午饭时间,翁信良并没有外出,到了下午,姓胡的女人没有出现。沈鱼终于明白自己在等什么,她等那个女人,下午四时,她的传呼机响起,是翁信良传呼她。

沈鱼跑到附近一间海鲜酒家借电话。

"喂,你找我?"沈鱼复电话给翁信良,"什么事?"

"没……没什么,你在公司?"

沈鱼伸手到饲养海鲜的鱼缸里,用手去拨鱼缸里的水,发出水波荡漾的声音:"是呀,我就在水池旁边。"

就在这时,沈鱼看见胡小蝶走进诊所。

胡小蝶推开诊症室的门,把翁信良吓了一跳。

"不打扰你了。"沈鱼挂了线。

翁信良好生奇怪,沈鱼好像知道胡小蝶来了,那是不可能的。

"你今天早上答应不会走的。"胡小蝶说。

翁信良拉开百叶帘，看看街外，没有发现沈鱼的踪迹。

沈鱼使劲地用手去拨鱼缸里的水，水好像在怒吼，一尾油锥游上来在她左手无名指的指头咬了一口，血一滴一滴在水里化开。她把手抽出来，指头上有明显的齿痕，想不到连鱼也咬她。

沈鱼截了一辆出租车到演奏厅。她用一条手帕将无名指的指头包裹着，伤口一直在流血。

演奏厅里，马乐和大提琴手、中提琴手在台上练习。沈鱼悄悄坐在后排，马乐看见她，放下小提琴，走到台下。

"你去了什么地方，现在才出现？"

"你的手指有什么事？"马乐发现她的左手无名指用一条手帕包裹着，手帕染满鲜血。

"我给一条鱼咬伤了。"

"不是杀人鲸吧？"马乐惊愕。

"杀人鲸不是鱼，是动物。我给一条油锥咬伤了。"

马乐一头雾水："海洋公园也训练油锥吗？"

沈鱼听后大笑，"马乐，我还未学会训练油锥。"

"我去拿消毒药水和胶布来。"马乐走到后台。

沈鱼的指头很痛，痛入心脾。左手无名指是用来戴结婚戒指的，这可能是一个启示吧！她的手指受伤了，戴上婚戒的梦想也破灭了。

马乐拿了药箱来,用消毒药水替沈鱼洗伤口,然后贴上胶布。

"谢谢你。"沈鱼说。

"你不用上班吗?"

"我不想上班。"

"发生了什么事?"

"你一直知道没有抽骆驼牌香烟的彼得这个人,是不是?"

马乐的脸色骤变。

沈鱼证实了她自己的想法。

"翁信良跟那个姓胡的女人一起多久了?"沈鱼问他。

马乐不知如何开口。

"请你告诉我。"沈鱼以哀求的目光看着马乐。

"我不能说,对不起。"

"我保证不会告诉翁信良,求求你,一个人应该有权知道他失败的原因吧?"

马乐终于心软:

"她是翁信良从前的女朋友。"

"从前?"沈鱼有点意外。

"就是在机场控制塔工作的那一个。她最近失恋了。"

"她和翁信良旧情复炽,是不是?"

"这个我真的不知道,翁信良只跟我说过那个女人想回到他身边。"

"我以为她是后来者,原来我才是。"沈鱼苦笑。

"不,她才是后来者,她和翁信良本来就完了。"

"为什么我总是排在榜末?"沈鱼说。

"他不可能选择胡小蝶的。"马乐说。

"他还没选择。"沈鱼说,"你信感觉吗?"

马乐点头。

"我很相信感觉,我和海豚之间的相处,全靠感觉。我感觉我会失去他。"沈鱼说。

"你从前不是这样的。"马乐失望地说,"你从前是一个很会争取的女人。"

"是啊!是我把翁信良争取回来的。原来你去争取是没有用的,最重要是别人争取你。"沈鱼说,"你觉得胡小蝶是不是很像缇缇?"

"不像。"马乐说。

"为什么我觉得她像缇缇呢?"

"你害怕会输给她,把她想象成缇缇的话,输了也比较好受。"马乐一语道破。

"不,她身上有某种气质很像缇缇,我说不出来。"沈鱼的指头还在不停淌血。

"你要不要去看医生,听说油锥咬人是有毒的。"马乐说。

"好呀,死在一条油锥手上这个死法很特别,我喜欢。"沈鱼笑得花枝乱颤。

马乐站起来:"沈鱼,你从前不是这样的,你以前的坚强和活力去了哪里?"

"已经埋葬在我的爱情里。"沈鱼说。

"那你应该离开翁信良,他把你弄成这个样子。我真不明白你为什么会爱上他。"马乐忿忿不平。

"如果我明白,我便不用来问你。"沈鱼凄然苦笑。

"我真不明白翁信良这家伙有什么魔力!"马乐说。

沈鱼站起来向马乐告别:"你回去练习吧,我不打扰你了。"

"你自己应付得来吗?"马乐问沈鱼。

沈鱼点头。

"我替你叫一辆车。"马乐说。

"不用,我想坐渡轮。"

"那我送你到码头。"

"你打算怎样?"马乐问她。

"不知道。"

"要不要我跟翁信良说?"

"这件事由我自己来解决。"沈鱼站在闸口说,"我要进去了。"

马乐突然拥抱着沈鱼。沈鱼说:"谢谢你。"

马乐轻轻放手,沈鱼入闸了,她回头向他挥手。渡轮离开码头,雾色苍茫,马乐独个儿踱步回去,他不知自己刚才为什么会有勇气拥抱沈鱼。当她跟他说:"我要进去了。"他突然有一种强烈的依依不舍的感觉,好想抱她,没有想过可能被拒绝,幸而沈鱼没有拒绝。但她说:"谢谢。"又令马乐很沮丧,她并不爱他,她是感谢他伸出援手。

沈鱼坐在船舱后面,海风把她的头发吹得很凌乱,对于马乐突如其来的拥抱,她并不抗拒,那一刻,她也想拥抱他,在闸口前,她很想得到一份慰藉,很想依偎在一个男人的怀抱里,而马乐出手了。她觉得很悲哀,在她最孤立无援的时候,她所爱的男人并没有伸出援手,反而她不爱的却出手。

沈鱼回到家里,咕咕嗅到一股血腥味,在她身上搜索。

"不要,咕咕。"沈鱼拘着咕咕。

"你的手指有什么事?"翁信良问她。

"没事。"

"还说没事?"翁信良捉着沈鱼的手,"正在流血。"翁信良撕开胶布,看到一个很深的齿痕。

"是谁咬你?"

"不用你理我!"沈鱼歇斯底里大叫出来,把翁信良吓到。

沈鱼跑进浴室里,把左手放在流水下,让水把血冲走。她的脸色变得很难看。

翁信良站在浴室外说,"你这样不行的,我替你止血。"

沈鱼没有理会他,继续用水冲洗伤口。

"你听到我说话吗?"翁信良把水龙头关掉。

"你没有话要跟我说吗?"沈鱼问翁信良。

翁信良默然。

"我受够了！"沈鱼说，"我办不到！我办不到当作什么事都不知道。"

"你想知道些什么？"翁信良问沈鱼。其实他和沈鱼一样，都在逃避。

"你和那个女人的关系。"沈鱼说。

"对不起……"翁信良内疚地说。

沈鱼一巴掌掴在翁信良脸上，翁信良很震惊，沈鱼也很震惊，但，除了掌掴之外，她实在无法宣泄她对这个男人的恨和爱，他竟背叛她。

翁信良站在那里，仍然震惊，他从来没有被女人打过。

"我替你止血。"翁信良说。

"是我的心在流血。"沈鱼指着心脏说。

翁信良捉住沈鱼的左手，用棉花蘸了消毒药水替她清洗伤口，又用纱布包扎伤口。

沈鱼站在那里，看着翁信良细心为她把伤口包扎好，他一直低着头，一丝不苟。用剪刀剪开纱布时，他先用自己的手指夹着纱布，避免剪刀会触及沈鱼的手指，他缚好纱布，温柔地问她："会不会太紧？"

沈鱼的眼泪一直淌下来，她多么不愿意失去这个男人。她心痛地爱着他，她的一颗眼泪滴在他的手背上，他不敢抬头望她。

沈鱼扑在他的怀里号哭。

"你是不是不再爱我?"沈鱼问。

"别傻!"翁信良抱着她。

"你答我。"

翁信良不知道怎样回答她。他和沈鱼一起,一直觉得压力沉重,他知道她并非有意给他压力,所以他不想告诉她,不想她伤心。

沈鱼望着翁信良:"你爱她!我是不是比不上她?"

"不要拿自己跟她比较。"

"但你现在爱她!"

"不是。"翁信良说。

"那你爱她还是爱我?"沈鱼逼问他。

翁信良很苦恼,女人为什么一定要问这个问题?她们难道不明白男人可以同时爱两个女人吗?

"爱你。"翁信良回答,这是他唯一可以选择的答案。

"骗人。"沈鱼说,"你从来没有爱过我,你只是把我当做缇缇的替代品,你从来没有珍惜过我为你所做的一切!"

"你以为我没有吗?"

"是的,你有。"沈鱼冷笑,"如果你不珍惜,你早就离开我了，对不对？你以为我需要施舍吗？"

"我不是施舍你。"翁信良说，"在我最困难的日子，是你在我身边。"

沈鱼抱着翁信良，心里感到一丝宽慰。

就在这个时候，翁信良的传呼机响起来。

"不要复机，我求你，不要复机。"沈鱼抱紧翁信良，不让他看传呼机。

"让我看看是谁找我，也许是重要事情。"

沈鱼从翁信良身上拿走他的传呼机："不要看，一定是她。答应我，不要复机。"

翁信良无可奈何，点头答应。

沈鱼抱着翁信良，她觉得自己很傻，然而她没有其他更好的方法把他留在身边。

胡小蝶守在电话旁边，电话像一具死尸，毫无反应。翁信良向她撒谎，他叫她先回家，他说会给她电话，可是他没有。她早知道不应该放他回家，他回家看到那个女人便会心软。胡小蝶不断传呼他，翁信良一直没有响应，她把电话扔到地上，把它扔得粉碎。

沈鱼悄悄拔掉电话的插头，连同翁信良的传呼机，一并

锁在抽屉里。

"我们去一次长途旅行好不好？"沈鱼问翁信良。

"你想去什么地方？"

"什么地方都可以。"沈鱼只想带走翁信良。

午夜，沈鱼醒来，不见了翁信良，她跑出大厅，看见他蹲在地上想找什么似的。

"你是不是想找电话？"沈鱼质问他。

翁信良在沙发下面找到一只拖鞋，他脚上只有一只拖鞋。

沈鱼知道误会了他，她很后悔说出这样一句话，男人一定恨女人不信任他。沈鱼跑到睡房，把电话和翁信良的传呼机从抽屉拿出来。她把传呼机交给翁信良。

翁信良把传呼机放在桌面，看也不看，跟沈鱼说："回去睡觉。"

胡小蝶拾起地上的电话，电话已给她扔得粉碎，无论如何打不出去。她就只有这一部电话，要是翁信良找她，一定找不到。他到底有没有打电话来呢？也许他在逃避她，故意不打电话给她。

胡小蝶不想再等了，她换了一套衣服，拿了钱包跑出去，来到一间便利店，她无论如何要打电话到传呼台问一问翁信良有没有复机。一个看来好像吃了迷幻药的少女霸占着电话不停说粗言秽语，胡小蝶耐心地站在她身后等候，可是，少女似乎无意放下电话，她对胡小蝶视若无睹。胡小蝶忍无可忍，她跑到柜台，问收银员："这里有没有电话出售？"

"电话？我们没有电话出售。"女收银员冷冷地说。

迷幻少女抱着电话筒坐在地上，继续说着一堆粗言秽语，胡小蝶上前，用手按了一下电话掣，电话断了线。迷幻少女抱着电话筒继续说话，胡小蝶把她移开，从她手上拿起电话筒，迷幻少女继续不停说粗话。胡小蝶成功夺取了电话，打到传呼台，问接线生："他有没有复机，我姓胡的。"

答案是没有。

清晨，沈鱼醒来，翁信良已穿好衣服站在床边。

"我要上班了。"翁信良说。

"我等你回来。"

翁信良回到诊所，诊所外聚集了大批人群。

诊所的一扇玻璃大门给人砸碎了，地上全是玻璃碎片。诊所内的家私杂物给人翻倒了，两只留宿的猫和一条留宿的狗被放在手术台上，安然无恙。

"要不要报警？"朱宁问翁信良。

"不用,我知道是谁做的。"

"谁?"朱宁愕然。

"把东西收拾好,立即找人来装嵌过另一块玻璃,快去。"翁信良吩咐朱宁。

翁信良把诊症室内的桌椅搬好,将猫和狗放回笼里。他知道是谁做的。

电话响起,是马乐。

"中午有空吗?我有事跟你说。"马乐说。

"好的。"

翁信良约好马乐在餐厅见面。

"你怎么搞的?"马乐劈头第一句便问他。

"给我一份午餐。"翁信良跟侍应生说。

"你选择沈鱼还是胡小蝶?"马乐说。

"要咖啡还是要茶?"侍应生问翁信良。

"两种都不要。"翁信良说。

"两个都不要?"马乐说。

"连你也逼我?"翁信良笑着问马乐。

"这件事早晚要解决。"

"是沈鱼告诉你的?"

马乐不作声。

"我准备逃走。"翁信良说。

"逃走?"

翁信良点头:"立即逃走,这样对大家都好。"

"不负责任。"马乐骂他。

"做个负责任的男人是一件很痛苦的事。"翁信良苦笑,"我现在唯一想到的事便是逃走,去一个没有爱情的地方。"

翁信良这样说,马乐也无言以对。

"我走了,你替我照顾沈鱼。"

"你只懂逃避,失去胡小蝶,你逃到日本。失去缇缇,你便逃到沈鱼那里。我不会替你照顾你的女人,你要照顾她们便自己照顾她们。"马乐说。

"我对着动物这么多年,忽然才明白动物比人类幸福,它们没有烦恼。"

翁信良回到诊所,大门玻璃已重新装嵌好,朱宁还是惴惴不安。

"医生,到底是谁做的?"朱宁问。

翁信良没有回答,径自走入诊症室,朱宁也不敢再问。翁信良把抽屉里的东西统统拿出来,连护照也在这里。他真的想走,到哪里好呢?到巴黎拜祭缇缇?可是,他从来不是一个不辞而别的男人,在离去之前,他要先去见见胡小蝶和沈鱼。他又把护照放回抽屉里。

　　下班后,他走上胡小蝶的家。翁信良按门铃按了很久,没有人来开门,但他可以感觉到有一双眼睛正透过防盗眼监视他,他仿佛听到贴着大门有一声声沉重的呼吸声,他知道胡小蝶在里面。他站在那里良久,不再按门铃,她硬是不开门给他。他转身想走,大门开了,胡小蝶站在门后。胡小蝶望着他,他望着胡小蝶,两双疲累的眼睛在互相怜悯,胡小蝶扑在他怀里呜咽。

　　"对不起。"胡小蝶说。

　　"你没有纵火烧掉我的诊所已经很好。"翁信良安慰她。

　　"你怎么知道是我做的?"

　　"除了你,还有谁?"

　　"是的,没有人比我更恨你。"胡小蝶紧紧地抱着翁信良,"我以为你不会再见我了。"

　　翁信良本来是来道别的,可是,他见到这个楚楚可怜的女子,却说不出口。

　　翁信良看到胡小蝶的右手用纱布包扎着:"你的右手有什么事?"

　　"给玻璃割伤了,你诊所的玻璃。"胡小蝶向翁信良撒娇,"都是你!"

"要不要去看医生？"

"你不是医生吗？"

"我是兽医。"翁信良说。

"把我当做野兽来医也可以，我觉得自己昨天晚上像一头野兽。"

胡小蝶发现翁信良仍然站在门外，跟他说："你要走吗？为什么不进来？"

翁信良进入屋里，胡小蝶把大门关上。

茶几上的电话被破开了两边。

胡小蝶抱着翁信良不肯放手，"我们一起去旅行好不好？去一次长途旅行，去一个很远很远的地方，忘记这里的一切。"

翁信良不禁苦笑，沈鱼不是提出过同样的要求吗？他一个人怎么能和两个女人逃走？她们是绝不会放过他的。

"你今天晚上留在这里不要走。"胡小蝶吻翁信良的脖子。

"不行。"翁信良硬起心肠说，"我们不可能再一起。"

胡小蝶惊愕地望着他，她不相信翁信良竟敢说这番话。

"你仍然恨我当天离开你。"

"不。"翁信良说，"我不想再夹在两个女人之间，我是来跟你说再见的。"

胡小蝶愤然掴了翁信良一巴掌。

翁信良失笑:"一人一巴掌,很好。"

"你走!"胡小蝶向翁信良叱喝。

翁信良只好离开。胡小蝶伏在沙发上痛哭,她失败了,她自以为她的美貌所向无敌,最终也输了。

翁信良坐在小巴上,想着胡小蝶的一巴掌,他在两天之内,连续给两个女人掌掴。

沈鱼在家里弄了一大盆芒果布甸,她从来没有弄过这么大盆的布丁。她用了十二盒芒果啫喱粉、十个芒果、六瓶鲜奶、六只鸡蛋,用光家里所有盆子和碟子来盛载这份足够二十四个人享用的芒果布丁。她的忧伤要用许多甜品才能填满。可是,甜品弄好了,家里每一个角落:桌上、茶几上、电视机上、睡床上、浴室水箱上,都放满了一盆一盆的芒果布丁,整间屋子飘着芒果的香味。

沈鱼却不想吃了,如同一个人伤心到无法流出一滴眼泪。她无法使自己闲下来,闲下来她便会胡思乱想,胡思乱想之后,翁信良还没有回来,她便猜想他正在跟胡小蝶缠绵,或者他不会再回来。

沈鱼拿起电话簿,她想随随便便找一个人聊天打发时间,那个人最好不知道她的故事。她在电话簿上发现王树熊的电

话,她已经很久没有跟他见面,上一次见面是缇缇的生日。她拨电话给王树熊。沈鱼不想再留在家里等翁信良,她害怕他不回来。

沈鱼跟王树熊在餐厅见面。王树熊仍然是老样子,他最近认识了一位新的女朋友。

"你近来好吗?"王树熊问沈鱼。

沈鱼呷了一口红酒,轻松地说:"很好,我和我的男人很好。"

"能把你留在身边的男人,一定很厉害。"王树熊说。

"是的,他很厉害。"沈鱼说。

"他是干什么职业的?"

"对付野兽,像我这种野兽。"沈鱼又呷了一口红酒。

王树熊不大明白。

"想跟我上床吗?"沈鱼问王树熊。王树熊有点愕然。

"想还是不想?"沈鱼问他。

王树熊有些尴尬,他和沈鱼从来没有上过床,况且她还有要好的男朋友。

沈鱼把杯里的红酒干了,站起来,问王树熊:"去你家好不好?"

"我那里不大方便,我女朋友有我家的钥匙。"

"去别墅吧,反正我这么大个人从来没有去过那种地方。"沈鱼说。

"我也没有去过。"王树熊尴尬地说。

"走吧!"沈鱼拉着王树熊的手。他们登上一辆的士。

"九龙塘。"沈鱼跟司机说。

王树熊有点不自然,沈鱼一直满怀心事看着窗外,她看来并没有那种准备上床的心情。

"你没事吧?其实我不一定要去——"

"没事。"沈鱼继续望着窗外。

出租车驶进一间汽车酒店,他们下车,进入酒店大堂,里面灯光昏暗,王树熊有点儿紧张。一个女人领他们进入一个房间,王树熊付了房租。

"我想先洗一个澡。"沈鱼说。

王树熊坐在床上看电视,电视节目并不好看。

沈鱼站在花洒下,让水冲洗身体,她抚摸自己的胸部,这样一个完美的身体,她的男人却不再爱这身体,她就把身体送给另一个男人吧!她要向翁信良报复。他跟胡小蝶上床,她要跟王树熊上床。

沈鱼围着毛巾从浴室走出来。

"你是不是不开心?"王树熊问沈鱼。

沈鱼躺在床上跟王树熊说:"还不脱衣服?"

王树熊脱光衣服站在沈鱼面前,沈鱼闭上眼睛。

王树熊压在沈鱼身上,吻她的脖子。

沈鱼的眼泪不由自主地流下来,她指着胸口说:"对不起,我心里有另外一个人。"

王树熊颓然躺下来,用被子盖着身体说:"我知道。"

"我只是想向他报复。"沈鱼说。

"你从来就没有喜欢过我。"王树熊说。

"我喜欢的,我喜欢的人很多,但只可以爱一个人,只有一个人可以令我这样——不在我身边,仍然控制着我。"

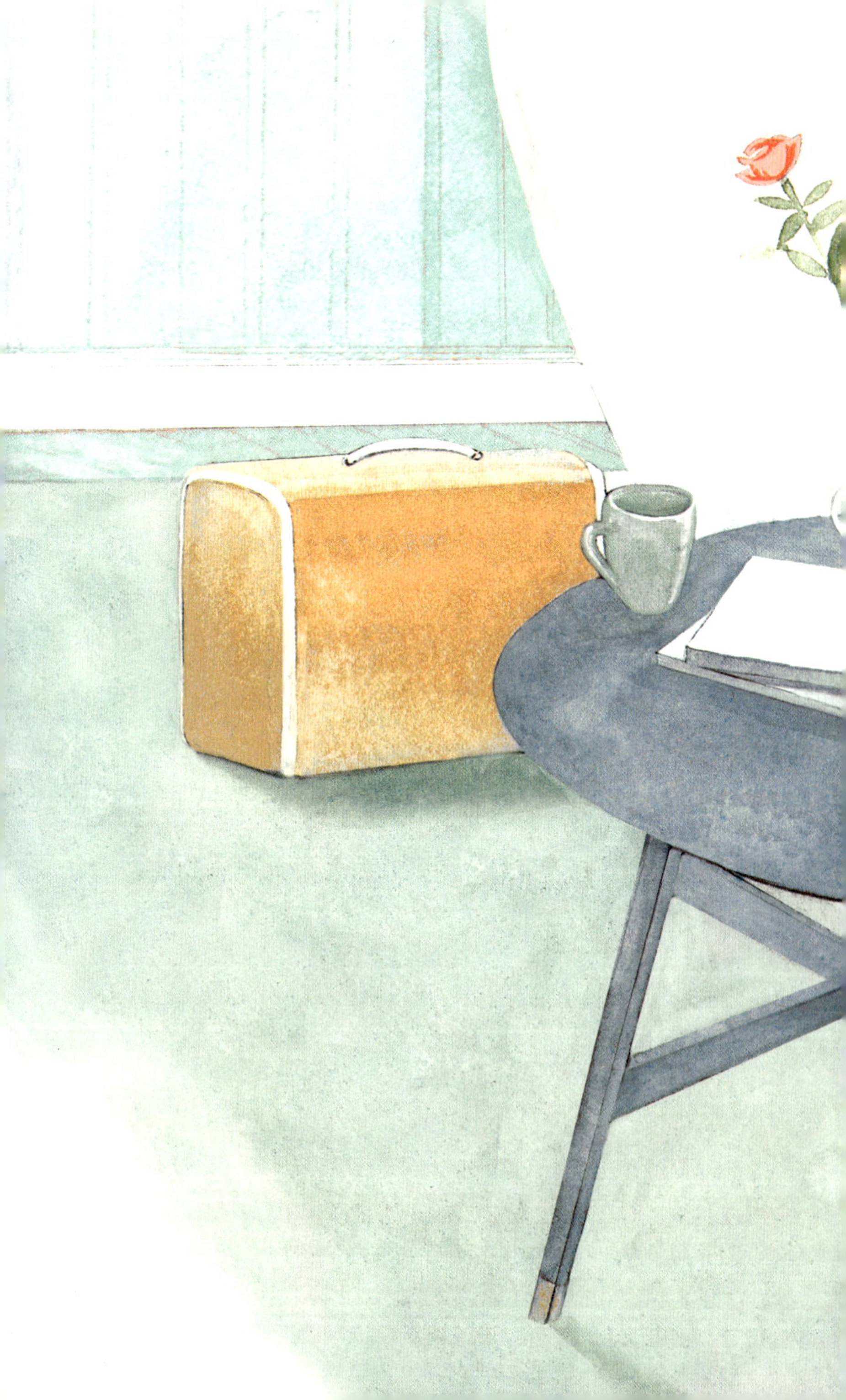

王树熊穿回衣服，对着一个不想跟他做爱的女子，裸体是一件很尴尬的事。

"不可以跟我说你和他的事情吗？"王树熊问沈鱼。

沈鱼摇头，她和翁信良之间的事情是一把会刺伤心脏的利刃，她不想拿利刃再刺自己一下。

翁信良在家里待了很久，还没有见到沈鱼。他原本想跟她道别，却不知道怎么开口，他决定先收拾行李。他的行李并不多，这里本来不是他的家，是沈鱼的，他没有想过会留下来，当时失去了缇缇，他以为自己在任何一个地方也是寄居。后来，他的确想留在这里，现在，他又觉得应该走了。他拉开抽屉，里面有一张纸条，是沈鱼写给他的"我是不是很无理取闹？如果你不恼我的话，笑笑吧。"这个女人曾经这样炽烈地爱着他，他突然不想走了。他想起她召唤海豚和杀人鲸的场面，她对他的爱震撼了海洋生物，是自己辜负了她。既然这么顺利地向胡小蝶道别，其实已不需要离开沈鱼。他突然知道自己是爱沈鱼的，他现在疯狂地思念她。

翁信良听到有人用钥匙开门的声音，是沈鱼回来了，翁信良连忙关上抽屉，他记得有一个行李箱放在厅里，他连忙跑到大厅，可是太迟了，沈鱼已经进来，并且看到他的行李。

沈鱼的心碎了，这个男人竟然想走，她要向他报复。她跟翁信良说:"告诉你,我刚刚跟一个男人上床。"

翁信良难以置信地望着沈鱼。

沈鱼对他的行李箱视若无睹,她倒了一杯清水,咕咚咕咚地喝下去。

"是谁?"

"你想知道吗?"沈鱼冷冷地说。

翁信良沉默。

"是一个好朋友。"沈鱼说完这句话,回头走进睡房。

翁信良拿起行李箱,将钥匙扔在茶几上,怒气冲冲地离开。沈鱼站在睡房门前,全身在抖颤,无法再移动身体。与其看着他首先离开,倒不如首先承认自己不忠。要承认自己不忠比承认别人不再爱你容易得多,她是这样想。

翁信良提着行李箱在街上走,在他想留下来的时候,沈鱼竟然令他非走不可。在他想爱她的时候,她竟然辜负他。马乐正在演奏厅排练,翁信良提着行李箱冲进来,整个管弦乐团的人都注视着这个不速之客。

"马乐,你下来!"翁信良向马乐叱喝。

所有人的视线转移到马乐身上。

马乐看到翁信良怒气冲冲的样子,放下小提琴走下台。

"你找我有什么事?"

"跟我出去。"翁信良提着行李转身出去。

"你找我到底有什么事？"马乐不耐烦地问他。

翁信良用行李箱袭击马乐，马乐冷不提防，跌倒在地上，怒斥翁信良："你干什么？"

"你干什么我干什么！"翁信良使劲地揍马乐。

马乐还手："我干了什么？"

"你跟沈鱼上床！"翁信良揪着马乐的衣领。

马乐愕然："谁说的？"

"沈鱼说的。"翁信良推开马乐。

"她说我跟她上床？"马乐难以相信沈鱼会诬蔑他。

"你一直以来都想跟她上床！"翁信良扑在马乐身上揍他。

"我有想过但没有做过。"马乐推开翁信良，"我不相信沈鱼会说谎。"

翁信良筋疲力尽坐在地上，问马乐："不是你还有谁？"

"荒谬！我怎么知道？"马乐光火。

翁信良有些犹豫，沈鱼说跟一个好朋友上床，她并没有说是马乐。

"真的不是你？"

"你为什么这么紧张沈鱼跟人上床？你不是也跟胡小蝶上床吗？你可以跟别人上床，她为什么不可以？"马乐嘲笑他。

翁信良无言以对,颓然坐在行李箱上。

"也许她编个故事气你吧。"马乐站起来。

"不会的,女人不会编这种故事。"

"一个绝望的女人什么也干得出来。"

"所以她跟别人上床也不是没有可能的。"

马乐一拳打在翁信良脸上,翁信良整个人从行李箱翻倒在地上。

"你为什么打我?"翁信良从地上爬起来斥问马乐。

"我为什么打你?为什么打你?"马乐失笑,"因为你无缘无故打我。"

马乐再向翁信良的脸狠狠打出一拳:"这一拳是替沈鱼打你的。"

翁信良双手掩着脸倒在地上,他的鼻孔在流血,马乐掏出一条手帕扔给他:"拿去。"

翁信良用马乐的手帕抹鼻血,从地上站起来,问马乐:"你想过跟沈鱼上床?"翁信良摩拳擦掌,准备随时出拳,他认为马乐作为他的知己,而竟然想过跟他女朋友上床,是绝对不可以原谅的,罪名和跟她上床一样。

"在她未跟你一起之前,"马乐淡淡地说,"是你把她介绍给我的,我对她有性幻想有什么稀奇。"

翁信良放开拳头，收拾从行李箱掉出来的衣物。

"你从家里走出来？"马乐问翁信良。

翁信良继续收拾衣物。

"你真的逃走？"马乐揪起翁信良，"你竟然逃走！"

翁信良甩开马乐的手，继续收拾地上的东西。

"你要搬去跟胡小蝶一起住？"

"不是。"

"沈鱼会很伤心的。"马乐说。

"我不准你再提起她。"翁信良关上行李箱，把染了鼻血的手帕扔在垃圾箱里。

"你要到哪里？"马乐问他。

翁信良没有回答。

"我家里有地方。"马乐说。

翁信良头也不回。

马乐走回后台，拨电话给沈鱼，电话响了很久，没人接听。马乐传呼她，她也没有复机。

浴缸内的水一直流到浴室外，热腾腾的蒸汽充塞着整个浴室，镜子一片迷蒙，沈鱼裸体躺在浴缸里，只有水能麻醉她的痛苦。她仿佛听到电话铃声，赤着身子走出大厅，电话没有响过，是她听错了。

门钟不停地响，沈鱼听不到。马乐不停地拍门，他害怕沈鱼会出事。浴室里，沈鱼好像听到拍门声，会不会是翁信良回来呢？他刚才放下了钥匙。沈鱼用毛巾包裹着身体出去开门。当沈鱼看到马乐，她着实很失望。

"你没事吧？"马乐看到她来开门，松了一口气。

"没事，我在洗澡。"沈鱼说，"你等我一会儿，我去穿衣服。"

马乐走进屋里，看见有水从浴室里流出来。

沈鱼穿好衣服出来："你找我有什么事？"

"你和翁信良分手了？"

沈鱼没有回答，咕咕舐她脚背上的水。她看到马乐的脸受伤了，衣服领口也烂了。

"你跟人打架？"

"翁信良以为我就是那个跟你上床的男人。"马乐说。

"对不起，我没想到他还在意。"沈鱼说。

"他在意的，他还爱你。"

"不，他在意只是出于男人的自尊。"

"你是不是真的……"

"你以为呢？"沈鱼问马乐。

"我不知道。"马乐说。

"如果你这样爱一个人，还能跟另一个人上床吗？"

"男人和女人是不同的。"

"你真坦白。"

"如果你是爱他的，为什么不向他说实话？"

"他不会相信的。"沈鱼没有后悔她说了这个谎话，说与不说，这个男人也会走。

"我告诉他。"马乐说。

"不要。"沈鱼倔强地说。

"为什么。"

"如果你把我当做朋友，请不要告诉他。"

朱宁早上九时整回到诊所，发现翁信良睡在诊所的沙发上。

"翁医生，你为什么会睡在这里？"

翁信良睡得不好，见朱宁回来了，也不打算继续睡，从沙发上起来。

"你的脸受伤了。"朱宁看到他的鼻和嘴都有伤痕。

"不要紧。"

翁信良走进诊症室洗脸，被打伤的地方仍然隐隐作痛，他本来打算逃走的，现在似乎不需要走了。他用消毒药水洗擦脸上的伤口，朱宁站在门外偷看。

"你站在这里干什么?"翁信良问她。

"你是不是跟沈小姐吵架?"朱宁看到他的行李箱。

翁信良没有回答。

"她很爱你的。她曾经跟我说……"朱宁不知道是否该说出来。

"说什么?"

"她说如果你不娶她的话,她会将你人道毁灭的。"朱宁看着翁信良脸上的伤痕,想起那句话,以为翁信良是给沈鱼打伤的,指着翁信良脸上的伤说,"你们是不是打架?"

翁信良失笑,跟朱宁说:"你去工作吧。"

沈鱼说过这样一句话?如果他不娶她,她会将他人道毁灭,她也许真的没有跟男人上床,她在气他,这是毁灭他的方法之一,翁信良想。

他想起胡小蝶,她跟沈鱼不同,她是个脆弱的女人。翁信良尝试打电话给她,电话无法接通。他想起她家里的电话被她扔得粉碎,不可能接通。她会有事吗?翁信良突然害怕起来,胡小蝶整天没有找他,那不像她的性格。翁信良脱下白袍,匆匆出去。经过电器店的时候,他买了一部电话。

翁信良来到大厦外面,本来打算上去找胡小蝶,最后还是决定把电话交给老看更。

"请你替我交给九楼B座的胡小姐。"

"好的。"老看更说。

"这两天有没有见过胡小姐?"翁信良问他。

"今早看见她上班了。"

"哦。"

"你姓什么?"

"你把电话交给她就可以了。"翁信良放下小费给老看更。

走出大厦,今天阳光普照,翁信良觉得自己很可笑,他以为两个女人都不能失去他,结果一个跟男人上床,一个若无其事地上班去,事实上是她们也不需要他。

沈鱼跟马乐在沙滩茶座吃早餐,昨夜到今早,沈鱼一直看着海。

"你累吧?"沈鱼问马乐。

"不,一个通宵算不了什么。"马乐说。

"你有没有试过有一天,一觉醒来,发现自己做错了一件无法补救的事?"沈鱼问马乐。

"这就是我的生活。"马乐说。

两个人大笑起来。

"你有哪些憾事?"马乐问沈鱼。

"我觉得我爱他爱得不够。如果我有给他足够的爱,他不会爱上别人。一定是我们之间有那么一个空隙,他才会爱上别人。"沈鱼说。

沈鱼站起来:"我要上班,失恋也不能逃跑。"

"你有什么打算?"马乐问她。

沈鱼苦笑:"我能有什么打算?"

沈鱼八时三十分回到海洋公园,比平时迟了一个多小时,其他人正在喂饲海豚。力克看到沈鱼回来,高兴地向她叫了几声,打了一个空翻。

沈鱼在更衣室更换泳衣,她在镜子里看到自己的裸体,她的身体好像突然衰败了,毫无生气,乳房抬不起来,腰肢肿胀,双腿笨重,身体好像也收到了失恋的信号,于是垂头丧气。

十时整,表演开始,沈鱼骑着杀人鲸出场,杀人鲸逐浪而来,数千名观众同时鼓掌。沈鱼控制不住自己,眼泪在掌声中掉下,所有掌声都是毫无意义的,她只想要一个人的掌声,那个人却不肯为她鼓掌。她的泪珠一颗一颗滴下来，一滴眼泪刚好滴在杀人鲸的眼睛里。杀人鲸突然凄厉地叫了一声，飞跃而起，沈鱼被它的尾巴横扫了一下，整个人失去重心从杀人鲸身上掉下来。杀人鲸在水里乱蹿,在场所有人都呆住了。沈鱼一直沉到水底，她闭上眼睛，觉得很平静,身体愈来愈轻，愈来愈小，她好像看见缇缇了，她在水底向她招手。沈鱼跟缇缇说："我来了。"缇缇向她微笑，张开双手迎接她。沈鱼有很多话要跟缇缇说，她努力游过去，她跟缇缇愈来愈接近了。就在这个时候，一只手伸过来，强行要把她拉上水面，她拼命挣扎，她要跟缇缇一起，于是，两只手同时将她拉上水面，这一次，她全身乏力，无法反抗，被那一双手拉上水面。

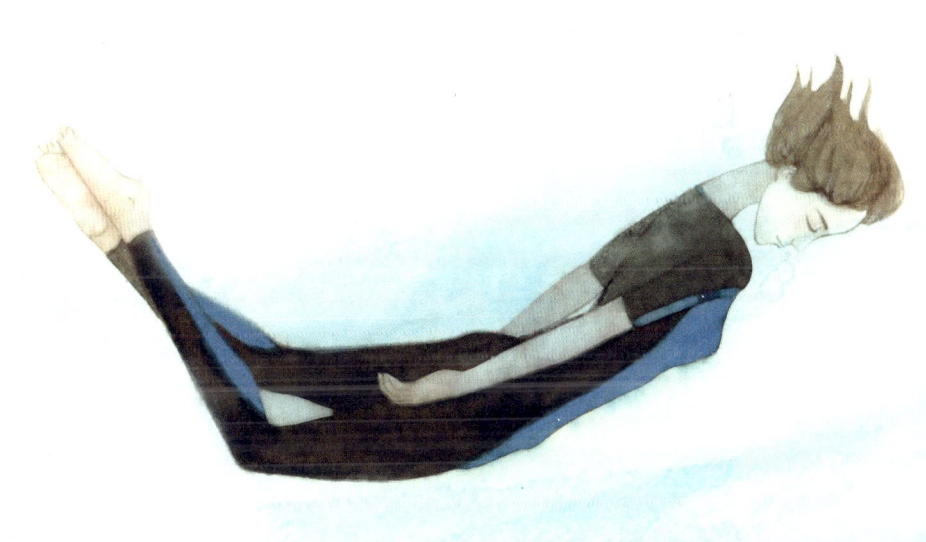

她被送到岸上,许多人围着她,她听到一个人说:"她给杀人鲸打昏了。"

一个男人吻她,好像是翁信良,她双手绕着他的脖子,那个男人把气喷到她的嘴里,他不是吻她,他好像努力使她生存下去。

沈鱼睁开眼睛看清楚,那个男人不是翁信良,是另一名训练员阿勇。她尴尬地松开绕着他脖子的双手。她觉得缇缇好像离她愈来愈远了,她愈来愈孤单。沈鱼从地上坐起来,几个人围着她,高兴地问她:"沈鱼,你没事了?"

"什么事?"沈鱼奇怪。

"你刚才给杀人鲸打昏了,掉到水里,我们把你救上来,你还挣扎呢!"主管告诉她。

"是吗?"沈鱼如梦初醒,"杀人鲸呢?"

主管指着小池:"它在那里,出事后它一直很平静,真奇怪,刚才究竟发生什么事呢?它好像突然受到了刺激。"

"我只是在它身上哭过。"沈鱼自说自话。她走到小池前面望着杀人鲸,她和它四目交投,它好像也感受到沈鱼的悲伤。

"你不要再刺激它了。"主管对沈鱼说,"兽医会来替它做检查。"

"它是善良的。"沈鱼说,"它有七情六欲。"

沈鱼进入更衣室洗澡，热水在她身上淋了很久，她才突然醒觉她是从死亡边缘回来的，所以她看到缇缇。传呼机突然响起，沈鱼冲出淋浴间，她迫切想知道谁在生死存亡的时候传呼她，她注定要失望，是马乐找她。

"看看你今天过得怎么样？"马乐在电话里说。

沈鱼放声大哭，她突然在这一刻才感到害怕。

"什么事？"马乐紧张地追问。

沈鱼说不出话来。

"你不要走，我马上来。"马乐放下电话。

马乐来到，看到沈鱼一个人坐在石级上。

"你没事吧？"马乐坐在她身旁。

沈鱼微笑说："我差点死在水里。"

翁信良第二天晚上仍留在诊所度宿，这个时候有人来拍门，这个人是马乐。

"你果然在这里。"马乐说。

"要不要喝咖啡？"翁信良去冲咖啡。

"你打算在这里一直住下去？"

翁信良递一杯咖啡给马乐："原本的兽医下个月会回来，我会把诊所交回给他。"

"然后呢?"

翁信良答不出来。

"沈鱼呢?你怎样跟她说?还有胡小蝶呢?"

翁信良躺在动物手术桌上说:"没有一个人可以代替缇缇。我终于发现我无法爱一个女人多过缇缇。我负了沈鱼,也负了小蝶。"

"沈鱼今天差点溺毙了!"

翁信良惊愕。

"你不肯承认自己爱沈鱼多过缇缇,为一个女人淡忘一个死去的女人好像不够情义。对不对?"马乐问他。

翁信良不承认也不否认:"我和沈鱼已经完了。"

马乐很沮丧:"我看我帮不上忙了。"

马乐走后,翁信良拨电话给沈鱼,他很想关心她今天遇溺的事,电话拨通了,他突然很渴望电话没有人接听,如他所愿,没人接电话。为了平伏打电话给沈鱼的难堪,他突然改变主意,拨电话给胡小蝶,电话接通了。

"喂,是谁?"

"是我。"

"你在哪里?"胡小蝶温柔地问他。

"我在诊所。"

"我立即来。"

翁信良想制止也来不及,十五分钟之后,胡小蝶出现,扑在他怀里说:"我知道你一定会找我的。"

翁信良突然觉得自己所爱的人是沈鱼,偏偏来的却是另一个人。

"昨天在香港上空几乎发生一宗空难,你知道吗?"胡小蝶跟翁信良说。

"空难?"

"我错误通知一班航机降落。那一班航机差点跟另一班航机相撞。"

"那怎么办?"

"幸而计算机及时发现。这件事全香港市民都不知道,两班航机上的乘客也永远不会知道。"

胡小蝶楚楚可怜地凝望翁信良:"都是因为你。若不是你这样对我,我不会出错。"

翁信良感到一片茫然,马乐说沈鱼今天差点溺毙,胡小蝶说昨天差点造成空难。他和这两个女人之间的爱情,牵涉了天空和海。还有缇缇,她死在一次空难里,那一次空难,会不会是一个刚刚失恋的机场控制塔女操控员伤心导致疏忽而造成的呢?

"你睡在这里?"胡小蝶心里暗暗欢喜,他一定是跟沈鱼分手了。

翁信良去倒了一杯咖啡。

"不要睡在这里,到我家来。"

"我暂时不想跟任何人住在一起。"

"那我替你找一间屋。"胡小蝶说,"我认识附近一间地产公司。"她想尽快找个地方"安置"这个男人,不让他回到沈鱼身边。

沈鱼牵着咕咕在公园散步,从前是她和翁信良牵着咕咕一起散步的,现在只剩下她一个人,咕咕好像知道失去了一个爱它的人,心情也不见得好。沈鱼的传呼机响起,是马乐传呼她。

"翁信良在诊所。"马乐说。

"为什么要告诉我?"

"我知道你会想知道的。"

沈鱼放下电话,牵着咕咕继续散步,只是她放弃了惯常散步的路线,与咕咕沿着电车路走,电车会经过翁信良的诊所。

沈鱼牵着咕咕走在电车路上,一辆电车驶来,向她鸣笛,沈鱼和咕咕跳到对面的电车路,这条电车路是走向原来的方向的，要不要回去呢？最后沈鱼把咕咕脖子上的皮带解下来，弯身跟它说："咕咕，由你决定。"咕咕大概不知道身负重任，它傻头傻脑地在路轨上不停地嗅，企图嗅出一些味道。

沈鱼心里说："咕咕，不要逼我做决定，你来做决定。"

咕咕突然伏在她的脚背上，动也不动。

沈鱼怜惜地抚摸咕咕："你也无法做决定？我们向前走吧。"

沈鱼跳过对面的电车路，继续向前走，她由湾仔走到北角，在月色里向一段欲断难断的爱情进发。最痛苦原来是你无法恨一个人。

沈鱼牵着咕咕来到诊所外面，诊症室里有微弱的灯光，翁信良应该在里面。沈鱼在那里站了十分钟，她不知道她为什么要来。解释她没有跟男人上床？没有必要。请他回家？他又不是她丈夫。跟他说几句话？她不知道该说什么好。既然他走出来，大概是不想回去的。

翁信良又喝了一杯咖啡，他不停地喝咖啡，咖啡也可以令人醉。胡小蝶走了，她说明天替他找房子。翁信良看着自己的行李箱，他本来打算逃走，如今却睡在这里，他是走不成的、没用的男人。胡小蝶就知道他不会走。

翁信良拿起电话，放下，又再拿起，终于拨了号码，电话响了很久，没有人接听，沈鱼大概不会接他的电话了。翁信良很吃惊地发现他今天晚上疯狂地思念沈鱼，他从不知道自己这样爱她，可是已经太迟了。

沈鱼站在诊所门外，她知道翁信良就在里面，咫尺天涯，她不想再受一次伤害，她害怕他亲口对她说："我不爱你。"或"我从来没有爱过你。"她整个人会当场粉碎。但粉碎也是一件好事，她会死心。

大抵是咕咕不耐烦，它向诊所里面吠了几声，翁信良觉得这几声狗吠声很熟悉，走出来开门。

翁信良打开门，看见咕咕，只有咕咕，咕咕不会自己走来的，他在诊所外四处找寻，没有沈鱼的踪影。

它当然不可能自己来，是沈鱼把它带来的，她把它带来，自己却走了。她一定是痛恨他，把这只狗还给他，这只狗本来就不是她的，是缇缇的。沈鱼把咕咕带来，却不跟他见面，分明就是不想见他。她大概不会原谅他了。

翁信良牵着咕咕进入诊所，它的脖子上仍然系着狗皮带，狗皮带的另一端却没有女主人的手。

沈鱼在电车路上狂奔，流着泪一直跑，她现在连咕咕也失去了。她听到他来开门的声音，竟然吓得逃跑了。本来是这个男人辜负她，该是他不敢面对她，可是怕的却是自己。

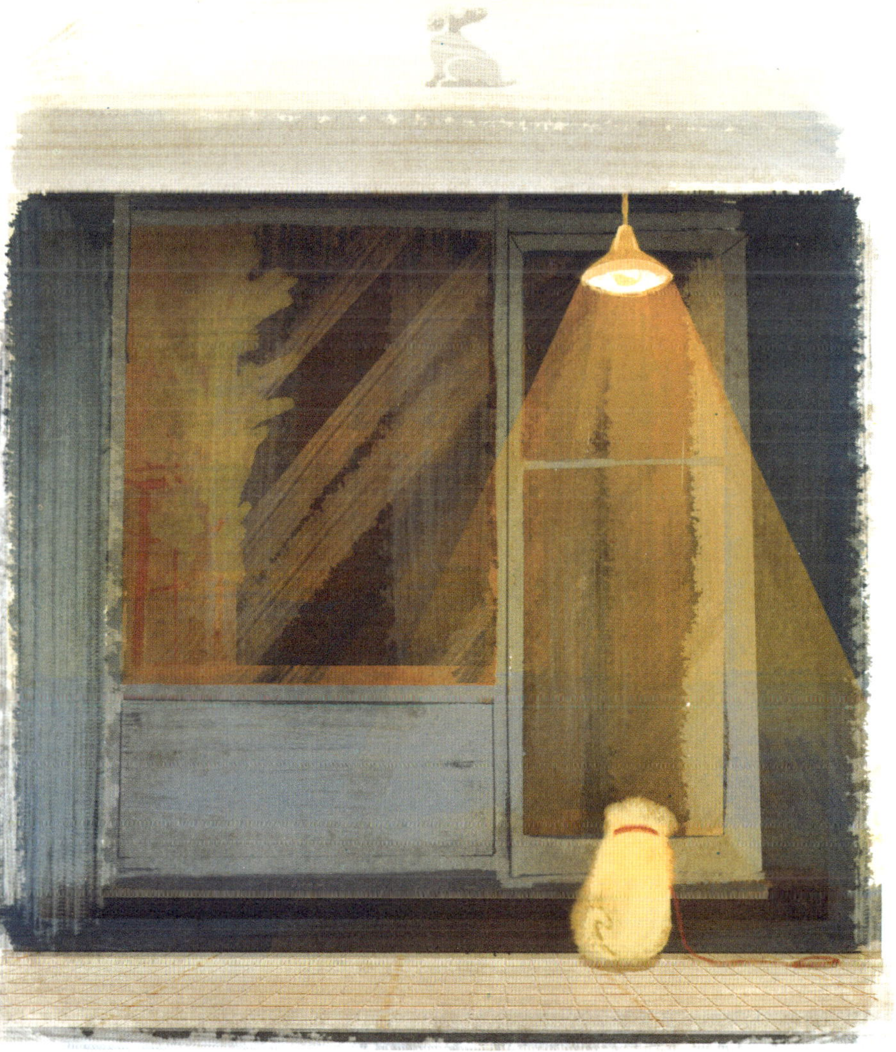

她真怕他会说："我不爱你。"她真害怕他说这句话。

他没有说过"我爱你"，没有说过这句话已经教一个女人难堪，万一他说"我不爱你"，将令一个女人更难堪。她好不容易才反败为胜，在发现他准备离开时，跟他说："告诉你，我跟一个男人上床了。"所以，她不能输。

她来找翁信良便是输，为了那一点点自尊，她走了，可惜她遗下了咕咕，情况就像逃跑时遗下了一只鞋子那么糟，对方一定知道她来过。

沈鱼走上一辆电车，她实在跑不动了，她坐在上层，月色依然皎好，她比来的时候孤单，咕咕已经留给翁信良了。一切和翁信良有关的东西，他都拿走了，整个事件，整段爱情，又回到原来的起点，好像什么也没有发生过。她孤单一个人，翁信良跟咕咕一起。啊！对，家里还有一只相思鸟，相思鸟是唯一的证据，回去把它放走吧。

沈鱼打开鸟笼，让相思鸟站在她的手掌上。她把手伸出窗外，跟相思说："走吧。"

相思竟然不愿飞走。

"飞呀！"沈鱼催促它。相思黏着沈鱼的手掌，似乎无意高飞。

"你已经忘记了怎样飞。你一定已经忘记了怎样飞。"沈鱼饮泣。

相思在她的手掌上唱起歌来。这不是歌,这是沈鱼教它吹的音符,这是翁信良第一天到海洋公园时教沈鱼吹的音符。相思竟然学会了。

沈鱼把手缩回来,相思竟然吹着那一串音符,她舍不得让它飞走。

Chapter
V

随风而逝的味道

咕咕睡在翁信良脚边，翁信良又在喝咖啡，已经不知道是第几杯，他喝了咖啡，会拉肚子，因此使他很忙碌，无暇去想其他事。他用这个方法使自己安静下来。他觉得出走是一件很不负责任的事，应该有个交代，他又鼓起勇气拨电话给沈鱼，希望她不在家便好了，但沈鱼来接电话。

"喂——"沈鱼拿起电话。

翁信良不知道跟她说什么好。

沈鱼不再作声，她知道是翁信良。

翁信良拿着听筒良久，还是不知道怎样开口，终于挂了线。

沈鱼很失望，他们之间，已经无话可说。

第二天中午，胡小蝶来找翁信良。

"我已经替你找到房子，现在就可以搬。"

"这么快？"

"跟我同一幢大厦。"

胡小蝶发现了咕咕:"咦,这只狗是谁的?很可爱。"她蹲下来跟咕咕玩耍。

"是我的。"

"是你的?你什么时候养了一只狗?它叫什么名字?"

翁信良拿起行李箱,叫咕咕:"咕咕,我们走吧。"

"咕咕?名字真奇怪。"胡小蝶开始怀疑咕咕的来历。

翁信良搬到胡小蝶那一幢大厦,他住六楼。

"你回诊所去吧,我替你收拾地方,它也留在这里。"胡小蝶抱着咕咕跟翁信良说。

"谢谢你。"翁信良说。

"你好像很不开心。"

"不是。"

"你后悔选择了我。"胡小蝶说。

"别傻。"翁信良说,"我上班了。"

胡小蝶替咕咕解下狗带,无意中在狗带卜的小皮包里发现一张字条,人们通常将地址写好放在宠物身上,万一它走失,遇到有心人,会带它回家。字条上写着一个地址和电话。

胡小蝶依着字条上的电话号码拨通电话。

"喂——找谁?"

胡小蝶认出那是沈鱼的声音,这头松狮犬果然是沈鱼的,翁信良昨夜一定跟沈鱼见过面。

"喂——"沈鱼以为又是翁信良。

"你是沈鱼吗?"

"我是,你是谁?"

"我是胡小蝶,你记得我是谁吧?"

"记得。"沈鱼冷冷地说,没想到她竟然找上门,"找我有什么事?"

"你有时间出来喝杯茶吗?"

沈鱼倒也想见见这个女人。她们相约在金钟一间酒店的咖啡室等候。

"要喝什么?"胡小蝶问她。

"水。"沈鱼说。她留意到胡小蝶抽骆驼牌香烟。

"我要改抽另一个牌子了,翁信良不喜欢我抽这么浓的烟。"胡小蝶说。

"是吗?你找我有什么事?"

胡小蝶垂下头。

"你找我不是有话要说的吗?"

胡小蝶抬起头,泪盈于睫,这是沈鱼想不到的,失败者不哭,胜利者却哭了。

"对不起。"胡小蝶说。

沈鱼没想到她竟然向她道歉。

"你没有对不起我。"

"翁信良是我第一个男朋友，也是我第一个男人。"胡小蝶说。

翁信良从来没有把这件事告诉沈鱼，她突然有些惭愧，因为翁信良不是她第一个男人，这一点，她输给胡小蝶。

"当天是我离开他，他受了很大伤害，去了日本多年，最近我们重逢。你知道，男人无法忘记一个曾经令他受伤至深的女人……"

沈鱼沉默。

"我也想不到经过了许多事情，我们终于又走在一起。"胡小蝶说。

沈鱼觉得这个女人真厉害，本来是她做了她和翁信良之间的第三者，现在她却说成她和翁信良只是曾经分开一段日子，他们现在复合了，沈鱼才是第三者、局外人。她不过是胡小蝶和翁信良之间的过客。

"我知道你跟翁信良有过一段很快乐的日子，他也这样说。"胡小蝶说。

"他说的？"

"是啊。"胡小蝶说,"他是一个好男人,他不想伤害你。"

"这也是他说的?"沈鱼悻悻然。

"他不善于说离别,所以他没有跟你说清楚便走了,他现在在我家里。"

"不善于说离别!"沈鱼冷笑,难道一句不善于说离别,便可以一走了之?

沈鱼故作潇洒地说:"道别是不必要的。"

"你恨我吗?"胡小蝶问沈鱼。

"我为什么要恨你?"沈鱼反问。要恨,她只恨翁信良一个人。

"我没有你那么坚强,我真羡慕你。没有他,我活不下去。"胡小蝶楚楚可怜地说。

沈鱼突然明白了翁信良为什么选择了胡小蝶,因为她软弱、温柔、需要保护,而她自己,看来太坚强了,翁信良以为她可以承受得住伤痛。坚强的女人往往是情场败将。

"你能告诉我一件事吗?"沈鱼问。

"什么事?"

"你们重逢之后第一次约会是谁提出的?"

"他。"胡小蝶说。

沈鱼死心了,站起来:"我有事要先走。"

"嗨,咕咕吃哪种狗粮?咕咕很可爱。"胡小蝶说,"我怕它吃不惯新的狗粮。"

"就让它尝试新口味吧,旧的那种它也许一直都不喜欢。"沈鱼有感而发。

"我会好好照顾它的。"

"它本来就不是我的。"沈鱼说,她突然想到这句话可能有另一重意思,更正说,"我是说咕咕。"

"我明白。"胡小蝶说。

"再见。"

"沈鱼——"胡小蝶叫住她。

沈鱼回头。

"谢谢你。"胡小蝶说。

沈鱼失笑:"不用多谢我,不是我把他送给你的。"

胡小蝶目送沈鱼离开,她拿着香烟的手轻微颤抖,她从来就没有跟另一个女人谈判的经验,她幸运地遇到一个很善良的女人,沈鱼相信了她的谎话。为了得到翁信良,她不择手段,上天会怜悯她,因为她是出于爱。

沈鱼在出租车里饮泣,她从来没有跟另一个女人谈判的经验,强弱悬殊,她输了。是翁信良主动跟胡小蝶来往,他不是被迫而是主动背叛她。她恨自己当天为什么主动爱上这个男人,他只是用她来过渡悲痛的日子。

胡小蝶用新的狗粮喂咕咕,咕咕好像提不起兴趣去吃。它挂念它的女主人。

翁信良回来了,看到放在桌上的新狗粮,跟胡小蝶说:"它不吃这一种。"翁信良拿出两罐另一个牌子的狗粮。

"哦,原来是这个牌子,我以后知道了。"

"你猜我今天去了什么地方?"

翁信良摇头。

"我出去替你买日用品。"胡小蝶指指地上十多个购物袋,"替你买内衣、牙刷这些日用品的感觉原来是很幸福的,我从前怎么体会不到?"

胡小蝶扑在翁信良怀里说:"不要离开我。"

她说来楚楚可怜,声线微弱却好像有千斤力,足以融化任何一个铁石心肠的男人。

马乐凌晨接到沈鱼的电话。

"你来我家,你快点来。"沈鱼在电话里说。

马乐不知道她发生了什么事,匆匆赶去,沈鱼来开门,马乐进屋后吓了一跳,厅里总共有十头几个月大的松狮狗,正在喝牛奶。

"你搞什么鬼?"

"我把积蓄全拿去买狗,一头六千块,总共六万块。"沈鱼忙碌地替它们抹嘴。

"咕咕呢?"

"还了给翁信良。"沈鱼说。

马乐蹲下来,问:"你见过翁信良?"

沈鱼摇头:"我把咕咕放在他门口就跑了,我害怕看见他。"

"你买那么多条狗干什么?它们长大之后,会挤不进这间屋的。"马乐说。

"你为什么不骂我?我把所有积蓄都用来买狗。"沈鱼问马乐。

"只要你觉得快乐。"

"谢谢你。"沈鱼含泪说,"我今天见过胡小蝶。"

"她怎么说?"

"总之我出局了。马乐,可不可以借钱给我?我想去法国探缇缇。我用四只小松狮做抵押。"

"不行。"马乐说,"我要十只做抵押。"

"好。"沈鱼说。

"你不回来的话,我会将它们统统毁灭。"马乐说。

"谢谢你。"沈鱼含泪说,"我会回来的。"

"你最好回来。"

"还有一件事拜托你。"沈鱼把鸟笼拿下来,"这只相思,请你替我还给翁信良。"

五天之后,马乐送沈鱼到机场。

"你不用急着回来。"马乐说,"我暂时还不会杀死你那十只小宝贝,但你回来时,要比现在快乐。"

沈鱼拥抱着马乐。

"这一次轮到你抱着我了。"

"是的,是我抱你。"沈鱼说。

沈鱼在直飞巴黎的航机上饮泣,缇缇怀着幸福的心情在

空难中死去,也是坐这一条航线,她们会不会有相同的命运?沈鱼突然希望发生空难,她也死在这条航道上,如果是这样的话,翁信良大概会怀念她。可惜事与愿违,她安全到达巴黎。她不想回去了。她没有告诉马乐,她已经辞去海洋公园的工作。要是她想留在巴黎不是一件困难的事,缇缇父母经营的中国餐馆一定愿意收容她当个女侍应之类。

一个月过去了,沈鱼还没有回来,而其中一只小松狮病了,病菌传染给其余九只。马乐抱着它们去找翁信良。

"你买了这么多条狗?"翁信良吃惊。

"这些狗全是沈鱼的。"马乐说。

"哦。"翁信良点头,"你们在一起?"

"她去了巴黎。"马乐说,"我只是代她照顾这些狗,她说过会儿回来的。"

翁信良心里有点难过。

这个时候,胡小蝶进来。

"马乐,这么巧?"

"我的狗病了。"

"哗!你一个人养这么多条狗?"

"寂寞嘛。"马乐说。

"我买了菜,今天晚上一起吃饭好不好?"

"你真幸福!"马乐跟翁信良说。

翁信良知道马乐是有心揶揄他。

"来吃饭吧。"翁信良说,他有心讲和。

"好。"马乐明白翁信良的意思,毕竟他们是好朋友,为一个女人,而且是朋友的女人而翻脸,未免显得自己太小家子气了。

"我得先把这十头小宝贝送回家安顿。"马乐说。

"我们在家等你,这是我的地址。"翁信良把地址写给他,"七时整,行吗?"

"行。"马乐说。

"七时整见面。"胡小蝶说。

翁信良帮忙把松狮犬抱上马乐的车。

"沈鱼找过你吗?"翁信良问马乐。

马乐摇头:"她不会想起我的。"

"她在巴黎干什么?"翁信良问。

"我也不知道。你跟胡小蝶怎样?"

"我不可以再辜负一个女人。"翁信良说。

"你也只是辜负过一个女人。"马乐上车,"七时见。"

胡小蝶走出来,问翁信良:"你和马乐是不是有过争执?"

"为什么这样说?"

"你们两个从前好像不会这样客气的,是不是因为沈鱼?"

翁信良给胡小蝶一语道破,无言以对。

"马乐总是爱上你身边的女人。"胡小蝶笑着说。

"胡说。"

"希望我是胡说吧!"

马乐把十只小松狮带回家里,逐一喂它们吃药,没想过自己竟做了它们的奴隶。他唯有把它们当做沈鱼的全部积蓄来对待,这样的话,他会很乐意承担这个责任。

电话响起,他以为是翁信良打电话来催促他。

"喂。"马乐接电话。

"喂,是不是马乐?"

这把声音很熟悉。

"你是沈鱼?"马乐兴奋地问。

"是呀!"沈鱼说。

"真是你?你在哪里?"

"我在巴黎。"沈鱼说。

"你还不回来?"

沈鱼没有回答,只说:"我在缇缇父母开设的中国餐馆里工作,现在是午餐时间,突然想起很久没有跟你联络了。"

"你好吗?"马乐问她。

"好。"沈鱼说。

马乐听见她用法文跟客人说午安。

"我的十只小松狮呢?"沈鱼问马乐。

"它们生病了,刚刚带它们去看医生。"马乐突然想起自己说错了话,沈鱼该想到他刚刚见过翁信良。果然,沈鱼沉默了一阵。

"你什么时候回来接它们,我给烦死了。"马乐故意逼沈鱼说出归来的日期。

"我再打电话给你,拜拜。"沈鱼挂线。

马乐很失望,她连电话号码也不肯留下。

沈鱼在巴黎唐人街的中国餐馆忙碌地应付午餐时间的客人，这份工作最大的好处便是忙，忙得回到家里便倒头大睡，不用再胡思乱想。她的确是到了今天，才突然想起马乐来。她唯一无法忘记的，是翁信良。这个创伤不知道要到哪一天才可以痊愈。

沈鱼住在餐馆附近一幢楼龄超过二百年的大厦里。下雨天，房间里四处都在渗水，沈鱼索性不去理它，反正到了晴天，打开窗子，积水会自动蒸发，一天蒸发不完，可以等三天甚至一星期。隔邻单位的失业汉养了一条差不多三尺长的蜥蜴，样子非常可怕，看着它的皮肤已经令人毛骨悚然。有一天晚上，沈鱼回到房间，躺在床上，觉得大腿很痒，她掀开被子，赫然发现那条大蜥蜴竟然在她的大腿上攀爬，她吓得尖叫，走过隔壁，把那个失业汉叫出来，用一连串的广东粗口不停咒骂他。回到房里，她不敢睡在床上，宁愿躺在有积水的地上，这是她最痛恨翁信良的时候，她觉得这一切的苦，都是翁信良给她的。她也妒忌缇缇，她在一个男人最爱她的时候死去，而且死得那么突然、那么迅速，几乎可以肯定是毫无痛苦的，而她自己却要受这种比死更痛苦的煎熬。

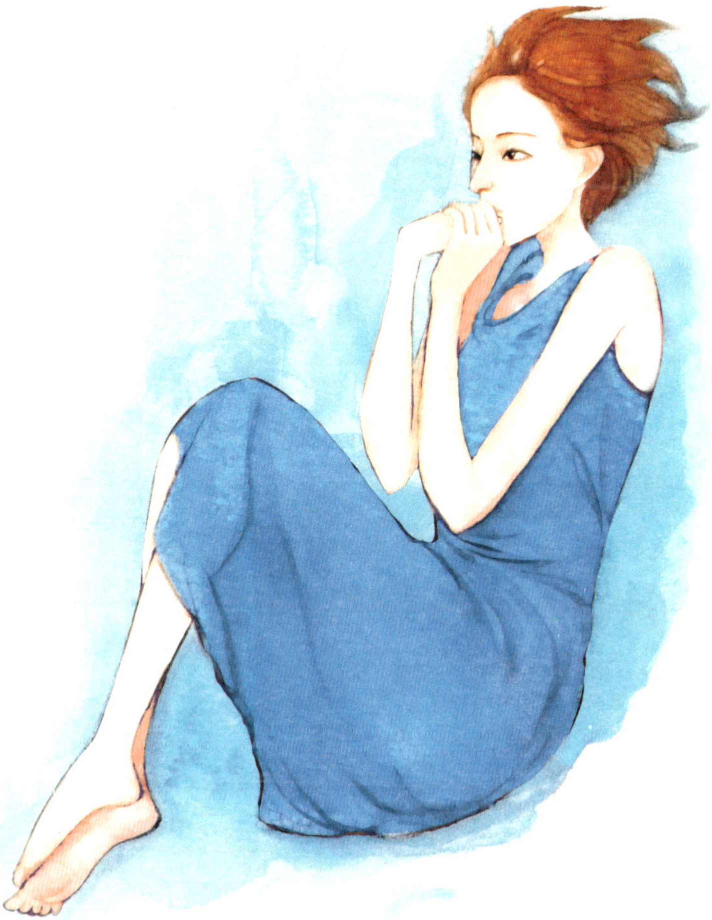

胡小蝶弄了几个小菜给翁信良和马乐下酒,马乐吃得满怀心事,他挂念沈鱼。

"你们现在一起住?"马乐问翁信良。

"她住楼上。"翁信良说。

"我出来的时候,刚接到沈鱼的电话。"

"她好吗?"

"她一个人在缇缇父母的唐餐馆里工作,你去看看她。"

翁信良叹一口气,"我跟她说什么好呢?告诉她我现在和另一个女人一起?"

"你真的一点也不爱她?"

"她时常令我想起缇缇,我只要和她一起,便无法忘记缇缇,这样对她是不公平的。跟胡小蝶一起,我不会想起缇缇。"翁信良说。

"我是问你有没有爱过她?"马乐说。

"有。"翁信良说。

"我还以为没有。"

"你以为我是什么人?"翁信良说。

"沈鱼也许不知道你有爱过她,去接她回来吧!"

翁信良不置可否。

厨房里突然传出打翻碗碟的声音,因为来得太突然,把翁信良和马乐吓了一跳。

"我进去看看。"翁信良走进厨房。

胡小蝶打翻了几只碗碟，站在那里不知所措。

"你没事吧？"翁信良问胡小蝶。

"我什么都听到。"胡小蝶转过身来，凝望翁信良。

翁信良无言以对。

"去，你去接沈鱼回来，我走！"胡小蝶说。

"别这样！"翁信良拉着胡小蝶。

胡小蝶冲出大厅，走到马乐面前。

马乐看见胡小蝶站在自己面前，十分尴尬。

"这里不欢迎你！"胡小蝶对马乐说。

马乐知道她刚才一定偷听了他和翁信良的对话，他放下碗筷，徐徐站起来。

"小蝶！"翁信良制止胡小蝶。

"翁信良不会去接她的！"胡小蝶强调。

翁信良给胡小蝶弄得十分难堪，不知道怎样向马乐解释。

"我先走，再见。"马乐跟翁信良和胡小蝶说。

翁信良送马乐出去。

"对不起。"翁信良尴尬地说。

马乐苦笑离开，他觉得他是为沈鱼受这种屈辱，既然是为了沈鱼，这种屈辱又算得上什么。

"你这是干什么？"翁信良问胡小蝶。

"对不起。"胡小蝶哭着说，"我怕失去你。我怕你真的会去找她。"

"许多事情已经不可以从头来过。"翁信良说。

"我们结婚吧！"胡小蝶依偎着翁信良说。

翁信良完全没有心理准备结婚，他觉得自己目前一片混乱。

"你不想结婚？"胡小蝶问翁信良。

翁信良不知道怎样回答才能令她满意。

出乎意料之外，胡小蝶并没有因为他没有反应而发怒，她温柔地躺在他的大腿上说："我已经很累。"

"我知道。"翁信良温柔地抚弄她的头发。胡小蝶有一个很大的优点，她从来不会咄咄逼人，很明白进退之道。这样一个女人，很难叫男人拒绝。

"我明天向马乐道歉。"胡小蝶说。

"不用了。"翁信良说。

第二天，马乐在演奏厅练习时，接到胡小蝶的电话。

"昨天的事很对不起。"胡小蝶说，"你有时间吗？我请你吃饭赔罪。"

马乐其实没有怪胡小蝶,为表明心迹,这个约会不能不去。为了迁就胡小蝶,他们在机场餐厅吃午餐。

"对不起,昨天向你发脾气。"胡小蝶说。

"是我不对,我不该在你们面前再提沈鱼。"

"你很喜欢她?"

"不是。"马乐满脸通红否认。

"我知道翁信良仍然没有忘记她。"胡小蝶说。

"他已经选择了你。"马乐说。

"这正是我的痛苦,他留在我身边,却想着别的女人。沈鱼是不是在巴黎?"

马乐点头。

"每个早上,只要知道有从巴黎来的飞机,我都担心会有一个乘客是沈鱼。马乐,我是很爱他的。"胡小蝶咬着牙说。

"我不会再跟翁信良说沈鱼的事。"马乐答应胡小蝶。

马乐不想错过沈鱼打来的电话,他特意向电话公司申请了一项服务,可以把家里的电话转到传呼台,那么,即使他不在家,也不怕沈鱼找不到他。

过了两个月,沈鱼依然没有打电话来,那十只小松狮的身形一天比一天庞大,把几百呎的屋填满,马乐迫不得已把其中五只寄养在宠物酒店,三只寄养在朋友家,只剩下两只。

他去过海洋公园打听沈鱼什么时候回来,他们说她去法国之前已经把工作辞掉。马乐恍然大悟,她大概不会回来了。

月中,他收到沈鱼从巴黎寄来的信。信里说:

马乐,你有没有读过希腊神话里歌手阿里翁的故事?海神波塞冬有一个儿子叫阿里翁,是演奏七弦竖琴的能手。一天,他参加一个在西西里的泰那鲁斯举行的音乐比赛,得了冠军,崇拜他的人纷纷赠送许多值钱的礼物给他,那些受雇来送他回科林斯的水手顿时起了贪念,不独抢去他所有的奖品,并且要杀死他。阿里翁对船长说:"请准许我唱最后一支歌。"船长同意,阿里翁身穿华丽的长袍,走到甲板上,以充满激情的歌曲求神祇保佑。

一曲既终,他纵身跳入大海,然而,他的歌声引来一群喜爱音乐的海豚,当中一条海豚把阿里翁背在背上。当天夜里,他就赶上那艘船,几天就回到科林斯。海豚不愿意跟阿里翁分手,坚持要把他送到宫廷。在宫廷里,它在荣华富贵的生活中,不久便丧掉生命。阿里翁为它举行了盛大的葬礼。

这些日子以来,我忽然顿悟到原来我是神话中的海豚,在翁信良最悲痛的日子载他一程。我不该和他一起生活，我会因此丧掉生命。

　　马乐，那十头松狮是不是已长大了很多？麻烦你把它们卖掉吧，那笔钱是我还给你的。相思呢？相思是不是已经还给他？

信封上没有附上地址。

马乐望望鸟笼里的相思，他一直舍不得把它还给翁信良。他自私地想将它暂时据为己有。现在，是把它物归原主的时

候了。马乐让它吃了一顿丰富的午餐,然后把它带去给翁信良。

"我以为沈鱼把它放走了。"翁信良说。

"她临走时叫我还给你的。"

翁信良把鸟笼放在手术桌上,相思在笼里拍了两下翅膀,吹出一连串音符,是翁信良对着海豚吹的音符。

"为什么它会唱这首歌?"翁信良讶异。

"这是一首歌吗?好像只是一串音符。我把它带回家之后,它便一直吹着这一串音符。或许是有人教它的吧。"马乐说。

翁信良知道是沈鱼教它的。他曾经教她吹这一串音符,这件小事,他并没有放在心里,可是,她却记着了。翁信良把鸟笼挂在窗前,相思仍旧吹着那一串此刻听来令人伤感的音符。这个女人对他的深情,他竟然现在才明白,他从来没有好好珍惜过。

马乐把每一场自己有份演出的演奏会门票寄到巴黎给沈鱼。信封上写着巴黎唐人街中国餐馆沈鱼小姐收。马乐每一次都在信封上标奇立异,希望引起邮差注意,将信送到沈鱼手上。本来他可以问翁信良缇缇父母的餐馆的地址,但他答应过胡小蝶不再跟翁信良提起沈鱼的事,而且他也不想翁信良知道他对沈鱼的深情。他不想去巴黎找她,他不想打扰她的生活,他宁愿等待她快快乐乐地回来。那十只松狮他并没有卖掉,他期望它们的主人回来。偶尔他会跟翁信良见面,但坚决不再到胡小蝶家里做客。

"沈鱼有没有消息?"翁信良问他。

"她写过一封信回来。"

"你和胡小蝶怎样?"马乐问翁信良。

"很好,很平静。"翁信良笑着说。

"或者她比较适合你。"

窗前的相思又吹着那一串恼人的音符。

"总是时间弄人。"翁信良说。

"你有没有读过希腊神话里歌手阿里翁的故事?"马乐问翁信良。

"没有。"

"你应该看看。"

当天下午,翁信良跑到书局买了一本《希腊罗马神话一百篇》,找到了海豚救了歌手阿里翁的故事。这个故事是马乐自己看到的,还是沈鱼叫马乐通知他看的?沈鱼是那条在危难中救了他的海豚,现在他们却分手了。

翁信良当天夜里打电话给马乐,问他:"沈鱼是不是回来了?"

"她也许不会回来。"马乐说,"她回来又怎样?你想再夹在两个女人中间吗?"

翁信良无言以对。

"这个周末晚上有演奏会,你来不来?有一节是我个人独奏。"马乐说。

"来,我一定来,你还是头一次个人独奏。"翁信良说。

"那么我把门票寄给你。"马乐说。

"不,我怕寄失了,我们约个时间见面,我来拿。"翁信良说。

翁信良约马乐在赤柱餐厅吃饭,那是他第一次跟缇缇和沈鱼吃饭的地方。那天赴约之前,他去了海洋公园一趟,探望很久不见的大宗美小姐。

大宗美的助手告诉他:"你来得真不巧,今天有一条海豚在石澳搁浅,大宗小姐去了那里。"

他刚刚认识沈鱼和缇缇的时候,也刚好有一条海豚搁浅,已经是两年前的事。

翁信良走到海洋剧场,今天的表演已经结束,他到池畔探望力克和翠丝。力克和翠丝好像认得他,凑近他身边摇尾。翠丝的肚子有点微隆,训练员告诉他,翠丝怀孕了,明天开始要将它隔离,避免其他海豚弄伤它。

"哦。"翁信良响应着,没想到变化这么大,力克和翠丝的爱情已经开花结果了。它们曾经是他和沈鱼的爱情见证人。

离开公园的时候,翁信良经过跳水池,他猛然想起,这一天,他为什么先到海洋剧场而忘了跳水池呢?每一次经过公园,他都先到跳水池,因为那里有缇缇的影子。他以为自己最爱的女人是缇缇,其实他并不了解缇缇,只因她的骤然死亡令他无法忘记她。但沈鱼走了以后,他一天比一天思念她。她在他身旁的时候,他从来没有察觉。

这天晚上,他和马乐喝了很多很多酒。

"你不用打电话给小蝶,告诉她你跟我一起吗?"马乐说。

"她从来不管我的。"

"那你什么地方都能去?"马乐笑说。

"是的,我什么地方都能去,除了巴黎。"翁信良笑说。

"你有没有试过一觉醒来,发现你爱的人并不是那个睡在你身边的人?"翁信良问马乐。

"我没有试过白奴。"马乐说。

"我不是这个意思。"翁信良大笑,"她不再睡在我身旁,我才知道我爱她。"

"你不觉得已经太迟了吗?"马乐问翁信良。

翁信良沮丧地点头。

马乐把两张演奏会的门票交给翁信良："你和小蝶一起来。"

翁信良独自坐出租车回家,在电台新闻广播中听到今天早上一条海豚在石澳沙滩搁浅的消息,他觉得那好像是沈鱼从远方带给他的信息。回到家里,他醉醺醺地倒在沙发上,胡小蝶拿了热毛巾替他敷脸。

"你为什么喝得这么醉?"胡小蝶问他。

翁信良蜷缩在沙发上,胡小蝶用热毛巾抹去翁信良脸上的眼泪。

马乐在阳台上拉奏艾尔加的《爱情万岁》,两只松狮是他的听众,不知道在巴黎唐人街的沈鱼会不会听到。他想,她大概真的不会回来了。每一次演奏会,她的座位都是空着的,已经半年了。

周末晚上,马乐穿好礼服准备出场,观众鱼贯入场,翁信良和胡小蝶一起来,坐在前排位置。翁信良那天喝醉之后患上感冒,几天来不断地咳嗽。全场满座,只有第一行中间的一个座位空着。

马乐向着空座位演奏,沈鱼是不会回来的了。他的独奏其实只为一个人演奏,那个人却听不到,翁信良忍着咳嗽,脸都涨红了,但他不想在马乐独奏时离场。

马乐独奏完毕,全场热烈鼓掌。

"马乐好像进步了不少,感情很丰富呢!"胡小蝶跟翁信良说。

马乐为一个人而奏的音乐却得到全场掌声。

大合奏开始不久,翁信良终于忍不住咳了两声。

"我出去一会儿。"他跟胡小蝶说。

"你不要紧吧?"胡小蝶问他。

"不要紧。"

翁信良走出演奏厅,尽情地咳嗽。走廊的尽头,一个他熟悉的女人出现。

"你好吗?"沈鱼问他。

翁信良不停地咳嗽,他完全没有心理准备会在这个地方,这个时刻再见沈鱼。站在他面前的沈鱼,消瘦了,漂亮了,头发比以前长了很多,眼神和以前不同,以前的眼神很活泼,今天的眼神有点幽怨。她穿着一条黑色长裙,拿着一个精巧的黑色皮包,她从什么地方来?她一直在香港,还是刚从遥远的巴黎回来?

翁信良咳得满脸通红,好不容易才把咳嗽声压下去。

"你不舒服?"沈鱼问他。

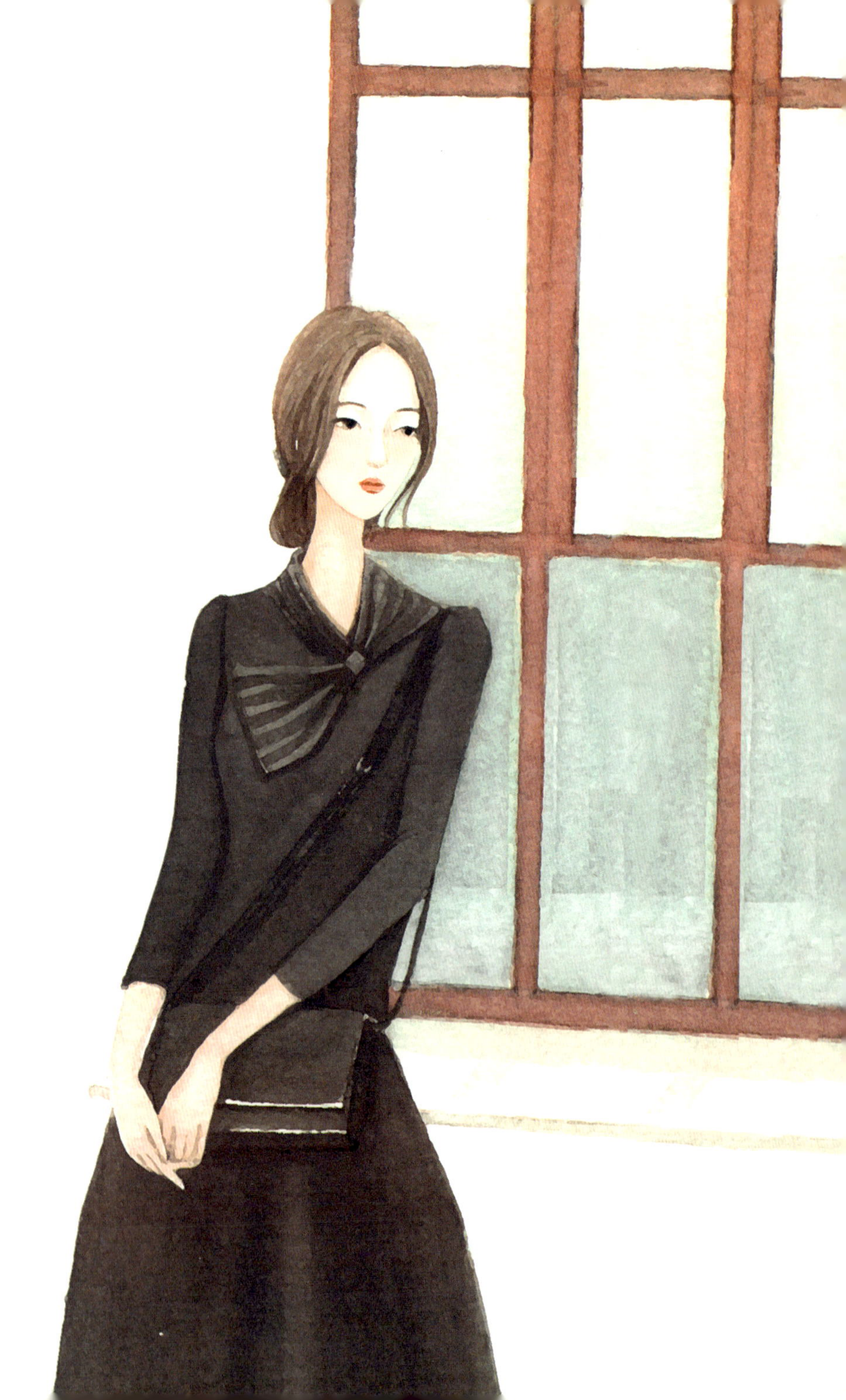

"是的。你什么时候回来的?"

"我刚刚回来。"沈鱼说。

"很久没有见面了。"

"是的,很久了。"

"你好吗?听说你在缇缇父母的餐馆工作。"

沈鱼想起在巴黎孤寂的日子,想起那个失业汉放在她床上的大蜥蜴,笑着说:"日子总是要过的。"

翁信良垂首不语。

这个时候胡小蝶从演奏厅出来,想看看翁信良是不是不舒服,她看见沈鱼了,也看到垂首不语的翁信良。胡小蝶的震撼不及翁信良来得厉害,她没想过沈鱼会不回来,她是随时准备沈鱼会回来的,她从不轻敌。

"你没事吧?"胡小蝶把手放在翁信良的背部。

翁信良用手帕掩着嘴巴,企图掩饰自己的失神。

"我先进去。"沈鱼走进演奏厅。

胡小蝶站在翁信良身旁默不作声。

"进去吧。"翁信良说。

看到沈鱼站在演奏厅后排等待休场时入座,马乐兴奋得用眼神向沈鱼打招呼,沈鱼向他挥手。翁信良以为,沈鱼已经飞到马乐身边了。

马乐压根儿就没有想过沈鱼会出现，打从半年前头一次寄演奏会门券到巴黎给她，每一次，马乐都失望。在希望愈来愈渺茫的时候，她竟然回来了，坐在他原先为她安排的座位上，微笑祝福他。马乐第一次感觉到他的音乐里有一种来自内心深处的激情，使他几乎忘了他是管弦乐团的其中一位表演者，沈鱼是其中一位听众。他好像单单看到台下有她。

翁信良坐在沈鱼后面，几乎嗅到她头发的气息。她的头发已经很明显没有了那股泳池消毒药水的气味。他没想过竟有一天他要从后面看她，而另一个女人在他身边。偌大的演奏厅，仿佛只有三个人存在——他、沈鱼和胡小蝶——一个解不开的结。

演奏完毕，全体团员谢幕，观众陆续散去，偌大的演奏厅，这一刻真的只剩下三个人——沈鱼、翁信良、胡小蝶。马乐从后台出来，打破了这个僵局。

"沈鱼，你什么时候回来的？"

"刚刚到，你好吗？"沈鱼说。

"好，你呢？"马乐说。

沈鱼微笑点头。

"我还以为你收不到我寄给你的票子。"

"你只写巴黎唐人街中国餐馆沈鱼，唐人街有很多中国餐馆呢！"沈鱼说。

"我没有你的地址嘛！你怎么收到门票的？"

马乐忙着跟沈鱼说话，这时才发现自己忽略了一直站着的翁信良和胡小蝶。他很后悔邀请他们来，如果知道沈鱼会出现，他一定不会叫他们来。

"怎么样？刚才的表演精彩吗？"

"你最精彩是这一次了。"

"是的，是最精彩的一次。"马乐含情脉脉望着沈鱼。

翁信良看得很不是味儿，跟马乐说："时候不早了，我们回去了。"

"哦，好吧。"马乐说。

"再见。"翁信良跟沈鱼说。

目送翁信良和胡小蝶一起离开，沈鱼心里的酸味愈来愈浓，她好不容易才可以看似从容地面对这次重逢。

"对不起，我以为你不会来，所以我请了他们——"马乐说。

"不要紧。"

"你还没有告诉我你怎样收到我寄给你的门票。"马乐问沈鱼。

"唐人街不错是有很多中国餐馆，但派信的邮差是我们餐馆的常客。"

"那么说，你一直能收到我的信？"

沈鱼点头。

"为什么现在才肯回来？"

沈鱼说："这一晚是你个人独奏表演嘛，可惜飞机误点，我错过了，对不起。"

马乐看着沈鱼，他已经等了百多个日子，今天她竟然为了他回来，这当中意味着她决定接受他的爱。他不能自已，紧紧地拥抱着沈鱼说："我爱你。"

"马乐，对不起……"沈鱼惭愧地说。

马乐恍然大悟，双手垂下。

"多谢你关心我，我知道你对我很好……"

"不用说了。"马乐沮丧地坐在椅子上。

"我今次的确是为你回来，除了缇缇以外，你是我最好的朋友，因此我不想利用你来陪我度过痛苦的岁月。你应该高兴，我终于坚强地站起来，终于肯面对现实，虽然我心里仍然爱着那个人。"

马乐低头不语。

"马乐，"沈鱼坐在马乐身边，"你会明白我的。"

马乐望着沈鱼，良久不语，他终于明白，他永远不可能得到她。

"我真不明白翁信良有什么好处,就是因为他长得比我英俊?"马乐苦笑。

"别问我。"沈鱼苦笑。

马乐站起来:"你的行李呢?"

"我没有行李。"

"那么今天晚上,你住在什么地方?"

"回去跟爸妈住。我以前跟他们关系不好,在巴黎这段日子,才明白只有亲情是永远不会改变的。失恋也有好处。"

"你要不要探一群朋友?"马乐问沈鱼。

"朋友?是谁?"

"你忘了你有一群狗朋友?"

"松狮?你不是把它们卖掉了吗?"

"还没有。要不要看?"

"好呀,现在就去。"

马乐带沈鱼回家,两头松狮扑到他身上,每只有百多磅重量,它们已经不认得沈鱼了。

"哗,已经这么大只了,还有其他呢?"

"这里放不下,其他的寄养在宠物店,有几只放在朋友家里。"

"马乐,谢谢你。"沈鱼由衷地说。

"你有什么打算?"马乐问。

"如果海洋公园还要我的话,我想回去。"

翁信良和胡小蝶在出租车上一直默不作声。胡小蝶一直垂着头,她看得出,翁信良仍然惦念着沈鱼,当天,她用了诡计把他从沈鱼手上骗回来。她以为翁信良爱的是她,但她终于发现他爱的是沈鱼。车子到了大厦门口,两个人下车,翁信良拉着胡小蝶的手。胡小蝶感动得流下眼泪,她刚刚失去的安全感又回来了。

沈鱼在岸上发号施令,力克首先跃起,跳过藤圈,随后的四条海豚一一飞跃过去。沈鱼跳到水里,跟力克一同游泳,力克把她背在身上,凌空翻腾,全场观众鼓掌,其他训练员也呆了,他们没见过力克表演过这动作,只有沈鱼见过。那夜,力克背着她,翠丝背着翁信良。

这是今天最后一场表演,观众陆续散去,观众席上,只剩下一个人。那个人从座位上站起来,向沈鱼挥手,他是翁信良。沈鱼没想到她和他竟然再次在海洋剧场见面。沈鱼跑上梯级,来到翁信良面前。

"马乐告诉我,你在这里上班。"

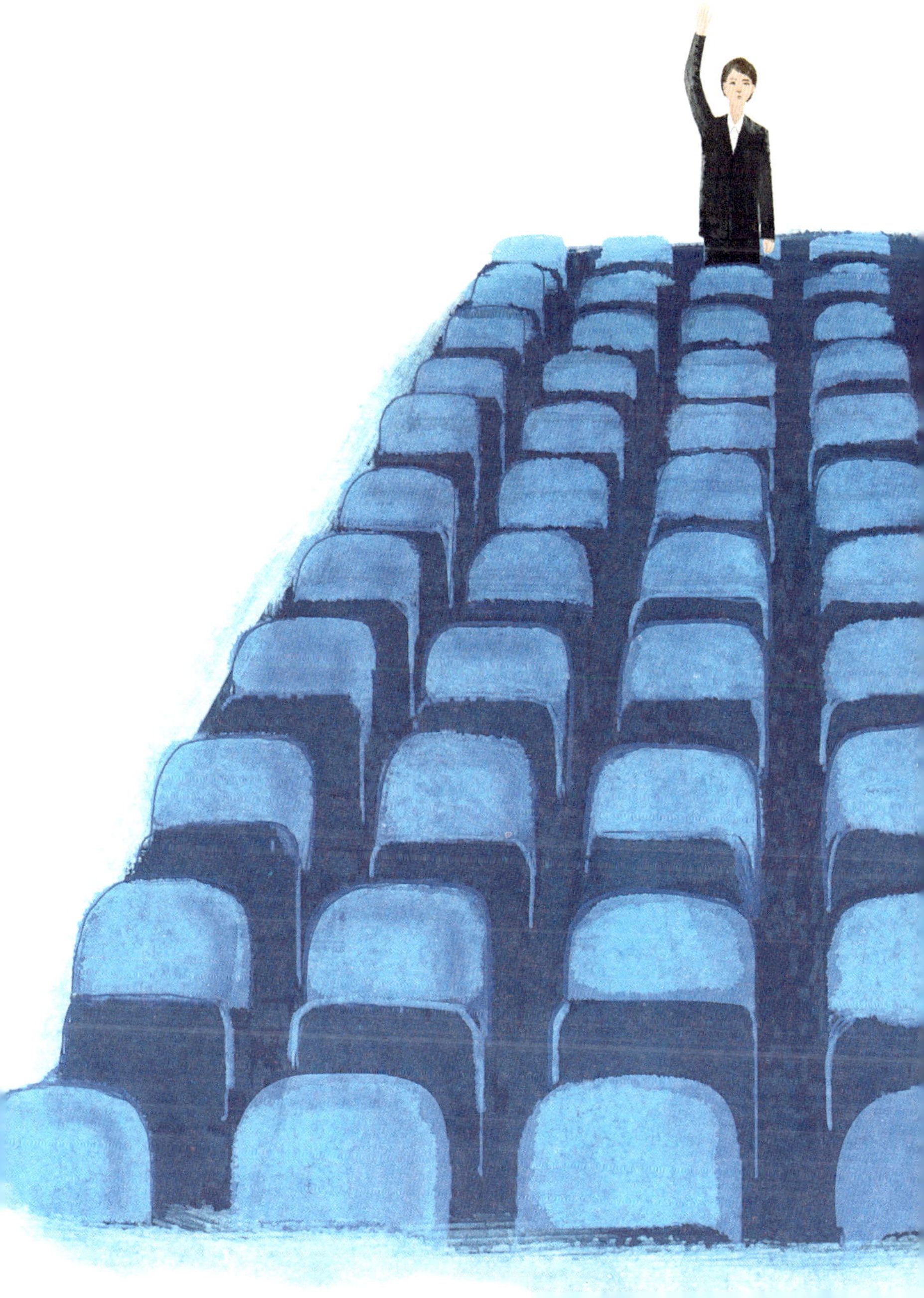

"是的。"

"你好吗？"

"你来这里就想问我这个问题？"

"不，有一句话一直想跟你说。"

沈鱼凝望翁信良，她知道不该期望他说什么，但她却希冀他会说一句动人的话，譬如："我爱你"或"我们重新开始好吗？"

"对不起。"翁信良说。

沈鱼咬着牙："我们这段情，就用'对不起'来做总结？"

翁信良无言。

"我说不出你有什么好处，缺点却有很多。"沈鱼说。

"我读过海豚救了阿里翁的故事。"

沈鱼苦笑："给你什么启示？"

"我希望你快乐。"翁信良由衷地说。

"谢谢你。"沈鱼说，"我从前以为我们无法一起生活的原因是你太坏，后来我才知道是我太好。"

"你还戴着这只手表？"翁信良看到沈鱼戴着他送给她的那只海豚手表。

"是的，这只表防水。"

沈鱼从翁信良身边走过，一直走上梯级，离开剧场，把她爱过的男人留在微风里。她不敢回头望他，泪水从眼眶里涌出来，不能让他看见。她记得翁信良说过，味道总会随风而逝。